—Ay, vamos —dijo Alexis riendo y tratando de soltarse de su hermana—. Esta es la secundaria, Fabi. Me quiero divertir, hacer locuras...

—Ya harás locuras, te lo garantizo —dijo Fabi—. Pero hazme caso: mejor que no sean con Dex.

—¿Así se llama? —dijo Alexis emocionada—. ¿Dex? ¿Y el apellido?

—Dex Nada, porque ese chico no va a ser nada tuyo —dijo Fabi—. Escucha, confía en lo que te estoy diciendo. A la hora del almuerzo te lo explico con calma, ¿te parece?

Le apretó la mano a Alexis y salió corriendo hacia su salón, que estaba en el segundo piso.

pueblo fronterizo

Cruzar el límite

MALÍN ALEGRÍA

SCHOLASTIC INC.

New York   Toronto   London   Auckland
Sydney   Mexico City   New Delhi   Hong Kong

Originally published in English as
Border Town: Crossing the Line
Translated by Joaquín Badajoz

ISBN 978-0-545-41996-3

Text copyright © 2012 by Malín Alegría
Translation copyright © 2012 by Scholastic Inc.
All rights reserved. Published by Scholastic Inc.
SCHOLASTIC, SCHOLASTIC EN ESPAÑOL, and associated logos are trademarks and/or registered trademarks of Scholastic Inc.

12 11 10 9 8 7 6 5 4 3 2 1   12 13 14 15 16 17/0

Printed in the U.S.A.   23
First Spanish printing, July 2012

Pueblo chico,
infierno grande.

capítulo 1

"No tiene importancia —se dijo Fabiola Garza—. Solo agárralo y vete".

Agarró el paquetito y se dirigió hacia el frente de la farmacia. Caminó apurada, las chanclas rosado fucsia pisando ruidosamente el piso de linóleo. A pesar del ruido, Fabi trató de atravesar la tienda con una actitud indiferente, cuidándose de no mirar directamente a ninguno de los clientes. El corazón le latía tan aprisa que sintió como si se le fuera a salir del pecho.

Se detuvo al final del pasillo. Había tres cajeros atendiendo a los clientes. Vio una chica nueva en el mostrador y corrió a ponerse en su fila.

"Disimula", repetía bajito como un mantra.

La chica nueva no estaba teniendo un buen día. Recorrió con los ojos la fila desde Fabiola hasta el final, con una expresión de disgusto, y de repente miró la caja registradora alarmada. Ya le habían llamado la atención dos veces esa semana, y además había cometido por descuido varios errores ese mismo día. La caja emitió un sonido avisándole que había cometido otro error. La cajera bufó y comenzó a entrar manualmente el código del producto. *Bip, bip.*

—¡Maldición, otra vez! —exclamó la chica.

Los clientes que esperaban delante de Fabi comenzaron a murmurar y quejarse.

—¡Fabiola!

Por un instante, a Fabiola le pareció que una voz familiar la llamaba. Trató de ignorar a quien fuera que la estuviera llamando. No deseaba encontrarse con nadie conocido, especialmente ahora. Pero la persona insistió:

—¿Fabiola Garza, eres tú?

La mujer que estaba detrás de Fabi le dio un codazo mientras señalaba con el dedo a uno de los cajeros.

—Discúlpame, pero creo que ese señor te está llamando —dijo.

Fabi se dio la vuelta y vio a un hombre calvo de bigote grande y copioso. ¡Era el Sr. Longoria, su viejo maestro de la escuela dominical! Con una sonrisa brillante y dentuda y la chaqueta roja de vendedor, le hacía señas impaciente para que se acercara.

—Mi registradora está abierta y eres la próxima. Trae tus cosas.

—No se preocupe. Puedo esperar —dijo Fabiola con las mejillas encendidas al rojo vivo.

El Sr. Longoria hizo una mueca pasando por alto su explicación.

—No seas tonta —dijo.

Fabi buscó la salida más cercana. Quizás todavía tenía tiempo de escapar. Pero sus piernas no querían cooperar. Se quedó inmóvil, como un ciervo ante las luces de un auto.

—Adelante —dijo la misma mujer de antes—. Solo tienes una cosa.

Las chanclas de Fabi comenzaron a arrastrarla hacia adelante. Su mente estaba en blanco.

¿Cómo iba a explicar esto? Tenía que ocurrírsele algo rápido.

—¡Cómo has crecido! —dijo el Sr. Longoria asombrado mientras ella se acercaba a la registradora—. ¿Cómo está tu mamá? ¿Y tu abuela Trini? Hace años que no las veo.

"Quizás no se da cuenta —pensó Fabiola medio esperanzada—. A lo mejor ni le importa".

Fabi observaba las manos peludas del Sr. Longoria acercándose lentamente al paquete. Se quedó mirando fijamente la gigantesca herradura de caballo en el anillo de su dedo del medio sin atreverse a soltar la pequeña caja rosada.

—¿Está todo bien? —preguntó el Sr. Longoria con una expresión preocupada.

—Sí, solo me duele un poco la cabeza. Todo está bien —dijo Fabi tratando de sacudirse el miedo. Dejó caer la caja rápidamente y buscó un tema de conversación con la esperanza de distraerlo. Se reclinó sobre el mostrador y lo miró a los ojos—. Abuelita Trini acaba de regresar de Las Vegas. Fue con todos los gastos pagos.

El Sr. Longoria movió la cabeza sonriendo

ensimismado y pasó el producto por el escáner sin siquiera mirarlo.

—Tu abuela es la mujer más suertuda que he...

Se detuvo y miró extrañado la caja. No se había escaneado.

—Qué extraño —dijo, y volvió a intentarlo.

—¿Sabe qué? —dijo Fabi alzando un poco la voz—. Cambié de idea. Ya no voy a comprarlo.

—No hay ningún problema —replicó el Sr. Longoria levantando el teléfono.

El corazón de Fabi comenzó a latir desenfrenadamente.

—¡Petra! —llamó el Sr. Longoria por el auricular, y el eco de su voz resonó por los altoparlantes a través de toda la tienda—. Aquí tengo a Fabiola Garza, la nieta de Trinidad Garza. Necesito que me verifiques el precio de los Tampones Suaves con Aroma a Montaña Fresca que está comprando.

Fabi salió disparada por la puerta principal hacia el estacionamiento. El calor sofocante la envolvió de pronto. Corrió, con el corazón latiéndole con fuerza, hacia la camioneta Ford negra estacionada cerca de la entrada. Su primo Santiago estaba sentado al timón enviando mensajes de texto.

—¿Encontraste lo que te hacía falta? —preguntó Santiago sonriendo. Una chispa traviesa se escapó de sus ojos color miel, como siempre.

Todas las chicas de la escuela soñaban con Santiago como si fuera un regalo de Navidad. Sus rizos negros oscuros atraían a todas las mujeres, jóvenes y viejas, como el néctar a las abejas. Pero para Fabi él era solo Santiago, su primo favorito. Y lo conocía tan bien que sabía que un minuto antes le estaba escribiendo a alguna nueva conquista.

—En marcha —dijo Fabi haciéndole señales desesperadas para que avanzara. Quería estar lo más lejos posible de aquel lugar.

De repente, el Sr. Longoria apareció por la puerta principal de la farmacia.

—¡Fabiola! ¡Espera! ¡Detente!

El hombre movía la caja de tampones en el aire, enseñándosela al mundo entero.

—¡Vamos! —chilló Fabi de nuevo, golpeando esta vez el tablero de la camioneta con las manos—. Vámonos ahora mismo.

Santiago no preguntó nada. Pisó el acelerador y salió del estacionamiento ante la mirada desconcertada del Sr. Longoria, que quedó envuelto en una nube de polvo y humo.

—¡Oye! —Santiago lloraba de la risa—. ¿Te robaste algo? ¡Asaltaste el lugar! Demonios, Fabi, estás loca. Vas a ver lo que te espera cuando tu mamá se entere.

Fabi cerró las manos tan fuertemente que se clavó las uñas.

—No es nada de eso —dijo entre dientes.

—¿Entonces qué pasó?

—Nada.

—Pues a mí no me parece.

Fabiola cruzó los brazos y se quedó mirando el paisaje árido y plano. Pasaban velozmente junto a los frondosos mezquites y los nopales de higo dispersos a lo largo de la autopista estatal. De niña, su abuelo Frank la llevaba a ver las aves migratorias que regresaban del sur. Él conocía cada planta y animal del Valle.

Diez millas al sur estaba México y diez millas al norte comenzaba el desierto árido y rocoso, punteado de sedientos y espinosos tasajillos y animado por liebres y sinsontes.

Fabi no podía disfrutar del relajante panorama. Estaba tan irritada que quería gritar. Por eso precisamente detestaba vivir en el Valle. ¡No puedes hacer *nada* sin encontrarte con alguien conocido! Había pensado ingenuamente que pasaría desapercibida si su primo la llevaba dos pueblos más allá del suyo. Pero era imposible pasar "desapercibida" en cualquier lugar del Río Grande.

Santiago cambió las estaciones de la radio hasta sintonizar una canción que sabía que le levantaría el ánimo a su prima.

—*Ooooooh, baby* —cantó Santiago en voz alta y realmente desafinado—. *So let's go on and on and on.*

Fabi trató de seguir enojada, pero Santiago cantaba tan mal que no pudo aguantar la risa por mucho tiempo.

—Eres un idiota —masculló.

—Pero un idiota muy guapo, ¿no? —dijo él

dándole un codazo juguetón—. Anda, canta conmigo.

Fabi trató de resistirse, pero Santiago siempre encontraba la forma de que olvidara sus problemas. Su primo subió el volumen de la radio y ella se le unió. Ambos continuaron cantando a dúo, moviéndose hacia delante y hacia atrás al ritmo de la música.

Llegaron a la zona vieja del pueblo y Santiago estacionó frente a una tienda que tenía la fachada de ladrillos pintada de verde. Sobre la entrada colgaba un cartel de madera, maltratado por el clima, en el que aún se podía leer "Garza's". En las paredes se anunciaban las famosas especialidades del restaurante familiar, escritas en el estilo de las tiras cómicas: fajitas, enchiladas, cabrito, tacos, flautas, chalupas crujientes. Y, por supuesto, también había un dibujo de abuelita Alfa sosteniendo un plato de su famoso y delicioso chili, que hacía agua la boca.

—¿No vas a entrar? —preguntó Fabi abriendo la puerta de la camioneta.

Santiago hizo una mueca, como si estuviera realmente indeciso. Pero cambió de idea cuando su teléfono sonó. Le echó una mirada rápida a la pantalla y sonrió.

—Me encantaría, pero tengo que hacer algo antes.

—¿Y esta cómo se llama? —dijo Fabi fingiendo aburrimiento.

Su primo tenía tantas novias que no podía seguirles el rastro. Cerró la puerta pero siguió mirándolo a través de la ventanilla.

—María Elena —dijo él, enfatizando el nombre con un marcado acento.

—Suena peligrosa —bromeó Fabi.

—¡Eso espero! —respondió Santiago mientras aceleraba.

Fabiola movió la cabeza. Su primo era incorregible. Se quedó parada frente al restaurante por un segundo disfrutando la relativa calma del centro de Dos Ríos bajo el sol del mediodía. Los abandonados maniquíes de la vieja *boutique* de JC Ramírez le devolvieron la mirada. La mayoría de los negocios había desaparecido. Solo tres locales permanecían abiertos: una oficina de cupones de alimentación suplementaria, una tienda llamada "Aquí es", que vendía batidos dietéticos, y el restaurante. La gente ya no hacía compras en el pueblo, todos preferían ir a los grandes almacenes de McAllen.

Fabi respiró profundo antes de empujar la puerta de cristal del restaurante de su familia. La música norteña salía de una vieja vitrola. Más pinturas (murales de su tío Neto) cubrían las paredes con imágenes del imperio Azteca, Pancho Villa cabalgando en un potro blanco y César Chávez liderando a los trabajadores agrícolas en una marcha de protesta. En la pared detrás de la caja registradora había viejas fotografías de parientes difuntos mezcladas con muchas otras de familiares posando junto a celebridades como Hulk Hogan, Selena y Freddy Fender. Fabi respiró el denso aroma de carne a la parrilla, cebollas caramelizadas y frijoles recién cocinados. El sonido metálico de las cazuelas y sartenes sobresalía por encima de la conversación bulliciosa de los clientes regulares sentados en las mesas rojas y a lo largo del mostrador. Magdalena, la mamá de Fabi, y a quien todos llamaban Magda, estaba junto a la caja conversando con una pareja de turistas cuando notó su presencia.

—¡Mija! —la llamó—, ¿dónde estabas metida? Tu papá te ha estado buscando. Lydia y Lorena llamaron enfermas. Fiebre porcina, ¡dicen ellas! Mentirosas —añadió, dándole al señor de la camisa hawaiana su cambio con una amplia sonrisa.

Cuando los clientes se marcharon, Magda se reclinó sobre el mostrador de cristal y susurró:

—Yo sé que esas dos chicas estuvieron bailando anoche sobre las mesas de Long Horns. Todo el mundo las vio actuando como chifladas. —Sonó el teléfono y le hizo un gesto a Fabi para que se apurara—: Ándale, ponte el delantal.

Fabi caminó hasta el lado opuesto del mostrador sonriendo disimuladamente. Se moría por escuchar las últimas aventuras de sus compañeras de trabajo. Su abuelito Frank estaba sentado en una de las banquetas tomándose una taza de café tibio, que es como a él le gusta. Se inclinó y le un dio un beso grande en la arrugada mejilla.

—¿No hay otro besito azucarado para tu abuelita? —protestó abuelita Alfa Omega desde su mesa de la esquina.

Alfa llevaba su pelo blanco atado en un moño tan tenso que hacía que se le estiraran los párpados. Mecía entre los brazos a Rafael, el hermanito de dos años de Fabi, y al que todos llamaban Baby Oops.

—Ay, abuelita. No me dejas ni llegar —bromeó Fabiola agarrando un delantal detrás del mostrador mientras caminaba hacia su exigente pero adorada abuela.

—¡Fabi! —la voz severa de su padre se escuchó desde la cocina—. ¿Eres tú?

—Mejor ve a ver lo que quiere —la alertó su abuelita—. Ha estado de muy mal humor desde que regresó del médico.

Fabiola besó suavemente a su abuela en la mejilla y moviendo las manos rápidamente sobre su cabeza le arregló el moño.

—¡Ya voy, papi!

—¡Qué bien! ¿Ahora solo besas a tus abuelos maternos? —preguntó una voz familiar desde el otro lado del restaurante.

Era Trinidad Garza, la mamá de su papá, sentada majestuosamente junto a un altar que iba hasta el techo dedicado a su difunto esposo: Little Rafa "Los Dedos del Valle" Treviño Garza.

Fabi corrió hacia su otra abuela, olorosa a laca y perfume Jean Naté. Era muy importante no mostrar ningún tipo de favoritismo en la familia desde la Gran Tregua de 2008, cuando ambas abuelas finalmente acordaron llevarse bien (siempre y cuando cada una se mantuviera en su mitad del restaurante).

—Lo siento, abuelita —dijo Fabi corriendo a darle un beso rápido y asegurándose de no arruinarle el maquillaje—. ¿Cómo va el negocio?

Abuelita Trini tenía puesta una camiseta de Little Rafa que le quedaba bastante ajustada, resaltando sus pechos grandes y todavía firmes. Su mesa estaba llena de miniaturas del mismísimo ícono: Little Rafa, con su melena en cascada tocando alegremente el acordeón.

También tenía camisetas, botones, llaveros y todo un surtido de forros de volante, sombreros y tapetes tejidos a crochet por ella misma.

—Vinieron unos turistas alemanes —dijo Trini entusiasmada—. Hicieron el viaje hasta aquí para ofrecerle su respeto. Dicen que sigue siendo muy famoso en Estrasburgo. Compraron dos camisetas y un broche y se tomaron fotos conmigo.

Le prendió un broche con la cara de Little Rafa en el delantal a Fabiola.

—Lo que no se muestra no se vende. ¿Te gusta? Me llegaron más. ¿Quizás puedas venderlos en tu escuela? ¿Crees que a tus amigos les guste?

—Seguro —dijo Fabi buscando una manera de escapar.

—¿Alguien puede venir a ayudarme? —gritó su papá desde la cocina justo a tiempo.

—Tengo que irme —Fabiola le sonrió a su abuela—. Papi me llama.

—No te preocupes, yo te guardo algunos broches, ¿okay?

—Fabi, saca las órdenes —pidió su mamá.

—¡Fabiola! —repitió como un eco su papá.

—¡Ya voy! —respondió Fabi.

Corrió hacia la cocina y agarró un plato caliente de fajitas de pollo y una orden de enchiladas del mostrador. Su papá, Leonardo, se movía como un experto revolviendo una inmensa cazuela de frijoles pintos, picando pimientos morrones y volteando tortillas de maíz frescas en el comal caliente.

Leonardo había empezado su vida como un niño emigrante recogiendo frutas y verduras desde el sur de Texas hasta Minnesota. En aquella época, ser dueño de un restaurante era solo un sueño. Él y Magda habían invertido veinte años de sudor, lágrimas y algunas veces sangre en el negocio. Todas las memorias de la infancia de Fabi giraban alrededor de este lugar. Era todo lo que conocía.

—Mija —gritó su mamá por encima de la conversación de los clientes—. Acaba de llamar el Sr. Longoria.

Fabi frenó en seco, aún con los platos calientes suspendidos sobre su cabeza.

—¿Estás bien, mija? —preguntó su mamá mientras limpiaba el mostrador de cristal sobre el que había caramelos mexicanos, cigarrillos y otras baratijas.

—Creo que voy a vomitar —contestó Fabiola.

—Dijo algo sobre una caja de tampones —continuó su mamá, pasando por alto la cara de horror que tenía Fabi—: ¿Sabes de lo que está hablando?

—¿Tapón? —preguntó abuelito Frank, que estaba medio sordo—. Tómate un poco de jugo de ciruela, mija, si estás tapada. La ciruela afloja el estreñimiento.

—¡Dije tampón, no tapón! —lo corrigió Magda, lo suficientemente alto para que todo el restaurante dejara de conversar y mirara fijamente a Fabi en silencio.

—Oh, no —se lamentó Fabi, sintiendo que la sangre le subía de golpe a la cabeza.

—¿Tampones? —gritó abuelita Alfa—. Noooooo. Las chicas decentes no usan esas cosas. Eso hace que pierdas la virginidad. ¡Eso es para pirujas!

Los clientes, muchos de los cuales habían visto crecer a Fabiola, estallaron en carcajadas.

—Eso no es cierto —replicó abuelita Trini desde el otro lado del salón.

Saltó y le quitó la bandeja con los platos calientes a Fabi y la puso en la mesa más cercana. Fabiola suspiró aliviada, se había olvidado completamente de las órdenes que llevaba.

Los clientes de la mesa de al lado protestaron que esos no eran sus platos, pero abuelita Trini les dijo que era mejor que dejaran de protestar y comieran. Se dio la vuelta y tomó la mano de Fabi, mirando hacia abajo y agitando sus coquetas pestañas postizas.

—Mija, necesitamos hablar sobre lo que está pasando allá abajo, no vaya a ser que te hagas daño.

Fabi dio un respingo.

"Esto no me puede estar sucediendo", pensó.

—Magda —gritó abuelita Trini sobre la cabeza de Fabi—. ¿Tú has hablado con esta niña de... sabes... chicos... y lo que sucede *allá abajo*? Debemos tener una conversación muy seria. Recuerdo cuando tenía tu edad...

Fabi sintió que se le quemaban las orejas. Lo único que deseaba era desaparecer.

—Cuando tenías su edad —interrumpió abuelita Alfa— estabas persiguiendo a todos los chicos del Valle, sinvergüenza. No serás tú la que les enseñe a mis nietas.

—¡Yo no estaba persiguiendo a los chicos! —protestó Trini—. ¡Los hombres eran los que me perseguían a mí! ¡Y ellas no son solo tus nietas!

En ese momento apareció una mano, como por intervención divina, y haló a Fabi por todo el restaurante hasta el baño. Era como siempre, su hermanita Alexis, ¡al rescate!

Alexis cerró la puerta del baño y Fabiola se agachó en el suelo cubriéndose la cara con las manos. Quería que la pared de lozas rosadas se la tragara.

—¡Dios mío! ¡No puedo creer que esto esté pasando! Nunca más me vuelvo a aparecer por allí. ¿Me habrá visto alguien de la escuela?

—Fabi, estás loca —dijo Alexis riendo—. ¿Por qué le compraste tampones a nuestro maestro de la escuela dominical?

—¡Eso no es gracioso!

—No —dijo Alexis riendo más fuerte. Se apoyó en la pared, aguantándose el estómago y secándose las lágrimas.

—Bueno, quizás un poco —dijo Fabiola tratando de mantenerse seria, pero miró a su hermana y no pudo evitar reír también—. Por favor, para ya —protestó, apretándose las costillas, que ya empezaban a dolerle de tanto reír—. ¡Estoy que me orino en los pantalones!

—Bueno, tienes el inodoro muy cerca —dijo Alexis entre carcajadas.

Cuando las chicas lograron controlar el ataque de risas, Fabi se levantó y se lavó la cara. Su hermana se pasaba los dedos por el pelo. Aunque eran hermanas carnales no se parecían en nada.

Abuelita Trini decía que las hermanas son flores diferentes de un mismo jardín. Alexis había heredado la piel clara y la figura menuda de la familia de origen vasco de su madre. Los fuertes rasgos y la silueta robusta de Fabi venían de la familia indígena de su padre en México. Estaban hechas con los mismos ingredientes, pero eran tan diferentes como un chile jalapeño y uno habanero.

Fabi no podía entender la obsesión de su hermana por el pelo lacio. Claro, estaba de moda y todas las chicas que veían en el centro comercial se peinaban así; pero Alexis tenía unos rizos naturales tan bellos y suaves que Fabi cambiaría de pelo con ella encantada.

—Pobre mami —dijo Alexis, y se ajustó el cintillo plateado.

—¿Por qué? —preguntó Fabi—. A mí fue a la que crucificaron allá afuera.

—Sí, pero mami es la que tiene que cargar con ellos todo el día —explicó Alexis—. Puedes considerarte afortunada de no tener que escuchar el seminario de abuelita Trini de "cómo ponerse un tampón".

Las hermanas comenzaron a reír de nuevo.

—Oye, salgamos de aquí. ¿Por qué no pasamos la tarde en otro lado? —preguntó Fabi.

—¿Salir? —contestó Alexis—. Tengo que estudiar violín. —Se asomó por la puerta—. Además, todavía hay moros en la costa.

Fabiola se quedó pensativa.

—Está bien. —Miró la ventanita que daba a un callejón—. Ayúdame a saltar al otro lado y ya encontraremos en qué entretenernos.

Abuelito Frank vivía al doblar del restaurante y cosechaba los melones más dulces de todo el Valle. Las hermanas Garza estaban acostumbradas a saltar la cerca para llevarse lo que quisieran, y en el patio había muchas frutas en esta época del año. Cuando abuelito Frank se retiró del ejército, se dedicó a vender frutas y verduras en el mercado de Alton los domingos. Pero ya casi no podía conducir a ninguna parte y las frutas se amontonaban por toneladas en el jardín.

Las chicas recogieron un par de melones pequeños y siguieron rumbo a la casa de su tía Consuelo, la mamá de Santiago, que vivía a un par de cuadras en un nuevo condominio con piscina y jacuzzi. Al llegar, buscaron la llave bajo una maceta de sábila y entraron a la casa. Alexis tomó prestado un coqueto bikini mientras que Fabi se puso una camiseta vieja y unos shorts. A los pocos minutos estaban bañándose en la piscina y salpicándose de agua.

—Así es como debería pasar todo el verano —dijo Fabi con un suspiro mientras salía del agua para descansar en una silla.

Al rato se le acercó Alexis y se desplomó, estirándose en la silla de al lado. Cerró los ojos como si fuera a quedarse dormida.

—No puedo creer que la próxima semana ya empiece noveno —dijo entreabriendo un ojo—. ¿Tú crees que le caiga bien a la gente?

—¿Qué estás diciendo? —dijo Fabi levantándose de un salto—. ¿Estás loca? ¡Por supuesto que les vas a caer bien! Solo sé tú misma y todos te adorarán.

Alexis no parecía muy convencida.

—Además, estarás con muchos de tus amigos de la escuela intermedia, ¡y también estaré yo! —reafirmó Fabi.

—No sé qué sería de mí sin ti —dijo Alexis apretándole la mano—. Eres la mejor hermana del mundo.

Fabi se sonrojó de orgullo. Cerró los ojos y

sintió los cálidos rayos del sol, y al poco rato oyó que su hermana regresaba a la piscina.

—Oigan, espaldas mojadas —dijo la voz de un chico.

Fabi abrió los ojos, mirando atónita a Alexis, que también estaba como en shock. ¿Quién las estaría llamando espaldas mojadas?

Antes de que pudiera descubrir de dónde venían los insultos sintió un chapoteo gigante. Al momento, Alexis salió disparada del agua, tosiendo y chillando. Dos brazos grandes y fuertes agarraron a Fabi y la sacaron de la silla antes de que pudiera decir ni una palabra.

Era Santiago, por supuesto.

"El muy idiota", pensó Fabi mientras su primo trataba de lanzarla a la piscina. Se sujetó fuerte a los brazos del chico y ambos cayeron al agua dándose un ruidoso chapuzón. Alexis chilló divertida y saltó sobre la espalda de Santiago, tratando de hundirlo. Fabi nadó en su ayuda lanzándole chorros a su primo hasta que lo hizo gritar:

—¡Me rindo, me rindo!

Era el final perfecto para el verano.

capítulo 2

Seguramente haría mucho calor ese día. Eran apenas las siete y media de la mañana y el tablero electrónico de la secundaria Dos Ríos marcaba 85° F. Fabiola miraba a su hermanita, que apretaba el asa de la nueva mochila que llevaba colgada del hombro.

—No te preocupes —le dijo Fabi—. No permitiré que nadie te moleste.

Alexis trató de sonreír, pero lucía pequeña y frágil al lado de los altísimos estudiantes de la secundaria. Fabi podía recordar fácilmente su primer día de noveno, hacía un año exactamente. El imponente edificio nuevo con su cúpula de mármol, rodeado de palmas y

[25]

fuentes, lucía anacrónico en su pueblo pequeño y polvoriento y la hacía pensar en un oasis de *Las mil y una noches* o algo así. Si no hubiera sido porque su amiga Georgia Rae tenía tan buen sentido de ubicación, hubieran andado perdidas todo el año. Fabi sintió un poco de tristeza. A estas horas Georgia Rae estaba comenzando su primer día en la secundaria Mac High, que estaba a solo treinta millas, pero que para ella era como si estuviera en el lado oscuro de la Luna.

—Déjame ver tu horario —dijo Fabi, y le dio una ojeada rápida a la lista—. La Srta. Lara, tu profesora de Inglés, es muy simpática. Trata de sentarte en las primeras filas y no tendrás problema. Ufff... tienes al Sr. Goss en Ciencias —hizo una mueca de disgusto—. Le decíamos el Sr. Surtidor. Escupe al hablar, así que siéntate atrás.

Alexis abrió los ojos como platos.

—No tienes de qué preocuparte —dijo Fabi subiendo las escaleras—. Te enseñaré lo que debes hacer.

—Gracias —suspiró Alexis—. Estoy muy nerviosa. Mira cómo me tiemblan las manos. No sé qué haría sin ti... ¡eh!

Un chico menudo y torpe con largos flequillos chocó con ella.

—Discúlpate, ¿no? —le exigió Fabi.

El chico acomodó la pila de libros que llevaba entre las manos para quitarse los audífonos en los que se escuchaba un rítmico hip-hop, sonrió avergonzado y murmuró una disculpa antes de escabullirse apresurado. Fabi se encogió de hombros mirando a Alexis. Luego volvió la vista hacia el río de estudiantes que inundaba los pasillos.

—Lo más importante de la secundaria es seguir las reglas —dijo Fabi, conduciendo a su hermanita como una experta por el enjambre de chicas que se arreglaban el pelo frente a los espejos de los casilleros—. Igual que en el mundo real. Una vez que entiendas las reglas, verás que todo tiene sentido.

—¿Reglas? —preguntó Alexis mirando a ambos lados con temor.

Estaban paradas en el pasillo principal que conectaba cinco edificios adjuntos. Cientos de estudiantes se empujaban en la puerta de entrada. Fabi notó las caras nuevas. A la secundaria Dos Ríos asistían alumnos de todos los pequeños pueblos del área, que venían en autobuses escolares. La conversación de los amigos que se reunían después de todo el verano era ensordecedora. Fabiola deslizó sus tenis Vans por encima del emblema de dos peces gato luchando entre sí, que estaba grabado en el piso de linóleo.

—¿Ves aquellos cabezones vestidos con chaquetas amarillas y negras iguales? —le preguntó a su hermana.

Los chicos a los que Fabiola se refería estaban chocando manos y golpeándose con los puños en los hombros como si realizaran un ritual bárbaro masculino.

—Esos son los atletas. Grandes, corpulentos, solo les importan los deportes. Sin mucha personalidad, creo.

—Son guapos —dijo Alexis sonriendo.

—No pierdas tu tiempo —le advirtió Fabi—. Solo salen con porristas o con las chicas del equipo de danza. Como te dije, hay reglas.

Se volteó hacia un grupo de atractivas chicas con peinados, uñas y pieles impecables. Parecían ser ricachonas acabadas de salir de una revista de moda.

—Esas son las "fresas", la mayoría son niñas ricas de México, no te van ni a mirar si no tienes puesta ropa de diseñador. Son populares, están en el consejo estudiantil y organizan las colectas y otras actividades. En el laboratorio de computación y en la biblioteca encontrarás a los informáticos y los nerdos. Y también están los góticos, que se visten de negro y se maquillan con delineador oscuro. —Una chica con el pelo como un arco iris, una argolla en la nariz y botas militares les pasó por el lado, justo en el momento en que Fabi añadía—: Y los raros, que vienen en todos los tamaños y colores.

—¿Y tú qué eres? —preguntó Alexis, intentando descubrir su lugar en aquel nuevo mundo.

—Supongo que yo soy normal —respondió Fabiola mirando a su alrededor.

—¿Normal? —dijo Alexis.

—Sí, normal.

Un grupo de caras conocidas se acercó a Fabi.

—¿Quién es ella? —preguntó una chica de pelo lacio y negro, con unos lindos lentes.

Alexis se sonrojó, escondiéndose detrás de Fabi.

—Chicas —anunció Fabi con orgullo—, ¿recuerdan a mi hermanita Alexis? Alexis, ellas son mis amigas: Noelia, Violeta y Mona.

—¡No te creo! —dijo Violeta casi gritando.

—¡Cómo has crecido! ¡Ya eres una mujer! —dijo Mona asombrada.

—Y estás lindísima —añadió Noelia—. Me encanta tu pelo.

—¡Mentira! Ustedes lo dicen para hacerme sentir bien —respondió Alexis mientras se tocaba su pelo planchado—. ¿Cuánto les pagó mi hermana para que me hicieran tantos halagos?

—Tu hermana —bromeó Mona— nunca tiene dinero.

—Es más tacaña que mi abuela, que guarda el dinero en un zapato viejo —se burló Noelia.

—¡Ay, qué graciosas! —dijo Fabiola cortando la conversación, empujando a su hermana a un lado y diciéndole lo suficientemente alto como para que las chicas la oyeran—: ¡Cuídate de estas arpías, que son conflictivas!

—Por eso nos quieres tanto... —replicó Violeta, lanzándole besos al aire—. ¡Chao, nos vemos!

—Tus amigas son simpáticas —dijo Alexis mientras caminaban por el pasillo.

—Sí, creo que sí, pero no las adules mucho.

—Trataré de no olvidarlo.

Fabi notó que su hermana miraba fijamente al otro lado del pasillo y le siguió la mirada. Lo que vio no le hizo ninguna gracia. Por suerte, en ese momento sonó el timbre.

—¡Vamos, apúrate! —dijo arrastrando a su hermana.

—¿Quién es ese? —preguntó Alexis sin moverse.

—¡Qué sé yo! Anda, apúrate o vas a llegar tarde.

—No me mientas —dijo Alexis—. Yo sé cuando estás mintiendo porque no paras de pestañear.

—No es verdad —dijo Fabi, y agarró a su hermana por el codo y se la llevó.

—Sí, es verdad —dijo Alexis riendo y tratando de soltarse de su hermana—. Ya estoy en secundaria, Fabi, y todas las caras son nuevas. Es una sensación inexplicable. Se supone que es la mejor época de nuestras vidas —dejó de forcejear y se mordió el labio—. Me quiero divertir, hacer locuras...

Fabi intentó tranquilizar a su hermana, no quería parecer demasiado mandona.

—Ya harás locuras, te lo garantizo. Pero hazme caso: mejor que no sean con Dex.

—¿Así se llama? ¿Dex? ¿Y el apellido? Pensé que no lo conocías.

—Dex Nada, porque ese chico no va a ser nada tuyo.

—¿Te gusta? —preguntó Alexis con cautela.

Fabiola tropezó.

—¿Dex Andrews? ¡Para nada!

—Perfecto —dijo Alexis con una sonrisa.

—No, eso no fue lo que quise decir.

—¿Entonces te gusta?

—No, no me gusta. Además, tiene novia y no es muy simpática que digamos —dijo Fabiola al tiempo que se detenía frente a una puerta—. Este es tu salón. Pero escucha, créeme lo que te digo. A la hora del almuerzo hablamos. Nos vemos en la entrada principal.

Fabi salió corriendo hacia su salón, que estaba en el segundo piso. Alexis siguió a su hermana con la vista y luego entró rápidamente y fue a buscar asiento.

Fabi esperó pacientemente cerca de la entrada principal como había prometido, pero su hermana no aparecía. Miraba fijamente hacia el final del pasillo preguntándose qué la estaría retrasando. El almuerzo había comenzado hacía más de veinte minutos. Ojalá Georgia Rae estuviera allí para que la ayudara a buscar a su hermana.

"Alexis es tan pequeña", pensó.

¿Y si alguien la hubiera encerrado en un

casillero o la estuviera molestando en algún rincón del laberíntico edificio? Comenzó a sentir un vacío en el estómago. Quizás había ido directo a la cafetería. Quizás no encontró la entrada principal. Fabi, muerta de la preocupación, no pudo aguantar un segundo más y salió corriendo.

La cafetería estaba repleta. ¿Cómo iba a encontrar a su hermana? Todas las chicas tenían los mismos cintillos y el pelo negro lacio. Una risa chillona la hizo voltear la cabeza, y vio a unos estudiantes agolpados en una mesa al final del salón. Algo impulsó a Fabi a acercarse para mirar mejor.

Allí, en el centro de la mesa, hablando con desenvoltura, estaba su hermana pequeña. La gente a su alrededor parecía hipnotizada por lo que estaba diciendo. Y Alexis parecía sentirse como pez en el agua: extrovertida, segura y divertida. Nada que ver con la niñita tímida que había dejado en su salón en la mañana.

Alexis vio llegar a su hermana y le hizo señas. Fabi estaba feliz de que ya tuviera nuevos amigos. Debía haber sabido que no tenía de qué preocuparse. ¡Ya tendría tiempo de fastidiarla con el susto que acababa de darle!

Pero entonces miró a los nuevos amigos de Alexis y se quedó petrificada. Tendría que haberle advertido mejor con quién debía y no debía mezclarse.

—Fabi, ¿dónde estabas metida? —dijo Alexis—. El almuerzo se está terminando, pensé que ibas a cuidarme.

El resto del grupo se rió con la ocurrencia. Fabi comenzó a sentir un calor incómodo que le subía por las orejas.

—Te estaba esperando en la entrada, como quedamos.

Alexis se llevó la mano a la boca con expresión culpable.

—Ay, lo siento. Bueno, es mi primer día —dijo, dirigiéndose más al grupo que a Fabi—. Ven, siéntate con nosotros —añadió, empujando a un chico para que su hermana se acomodara entre ellos.

Fabi miró el espacio e inmediatamente comprendió que no cabría, pero no iba a admitirlo. Las chicas populares, vestidas con sus atuendos marca Hollister, la miraban de arriba abajo esperando a ver qué iba a hacer. A pesar de que en Dos Ríos había código de vestuario, nadie lo cumplía. A Fabi no le interesaba mucho la ropa y le bastaba ponerse un cómodo par de jeans y sus tenis Vans para ser feliz. Las populares la miraban como si fuera marciana o tuviera dos cabezas.

—No, está bien —dijo Fabi un poco turbada—. Olvidé que le prometí a la Srta. Muñoz que pasaría por su clase a la hora del almuerzo.

—Fabi —replicó Alexis con tono irritado.

—De veras, no hay ningún problema. —Trató de sonreír fingiendo que todo estaba bien—. Solo quería asegurarme de que estuvieras bien. Y como veo que es así, tengo que irme—. Dio media vuelta y salió apresurada.

Fabiola se detuvo en el pasillo. Sentía el corazón destrozado, pero no quería pensar en eso. No era el momento ni el lugar, cualquiera podría verla. Dejó que sus pies la guiaran hacia el segundo piso, y pasó la biblioteca y el salón de ciencias. Quería estar sola.

No había imaginado que el primer día de clases de Alexis fuera así. Alexis era *su* hermana. Fabi quería ser la que le presentara nuevos amigos y compartir con ella sus experiencias. Se sentía muy triste. Igual que cuando descubrió que Santa Claus era en realidad su tío Chunky disfrazado. Quería llorar, pero sabía que eso era algo estúpido. No podía adueñarse de Alexis como si fuera un juguete.

El ruido de unos besos ruidosos la hizo detenerse. El sonido venía del pasillo, al doblar.

—Por favor, no hagas eso —dijo una voz masculina.

—Ay, *baby*, te extrañé tanto —lloriqueó la chica—. ¿No recibiste mis mensajes?

—Sí, los recibí. —La voz del chico era fría y cortante—. Tus llamadas, tus mensajes de texto y tus correos, todo lo recibí.

Fabiola se pegó contra la pared. Estaba a punto de salir corriendo cuando sintió unos golpes contra los casilleros que la paralizaron.

—¡Caray, Dex! —dijo la chica—. Me estoy enojando y tú no querrás verme enojada. Estás actuando como un tonto. Solo dame otra oportunidad.

—Déjame en paz —balbuceó Dex—. Ya te dije que esto no está funcionando. Necesito espacio.

—Por favor, no hagas esto —gritó la chica. Su voz se escuchaba rasgada, como a punto de llorar—. ¿Necesitas espacio? ¡Te daré tu espacio! Haré lo que me pidas. Pero no me dejes, *please*. Te necesito. Te amo.

—Para, para ahora mismo.

Fabi escuchó unos pies arrastrándose.

—¿Qué estás haciendo? —dijo el chico—. Quítame las manos de encima. ¡Estás loca!

Dex Andrews dobló por el pasillo a media carrera. Fabi reconoció su atlética figura, y no había manera de que lo hubiera confundido con otro porque alcanzó a verle su nombre afeitado en la parte de atrás de la cabeza, como si fuera un tatuaje. Dex quería salir de allí lo más rápidamente posible y no vio a Fabi, que estaba pegada contra la pared.

—¡Dex! —dijo Melodee Stanton apareciendo por el pasillo.

Pero ni rastro de Dex. Melodee se quedó sollozando, con el rímel rodándole por las mejillas.

—Creo que huele a menudo —dijo entonces con una voz fría y malvada al ver a Fabiola—. ¿Disfrutaste el show?

—Lo siento —Fabi trató de encontrar alguna excusa rápida—. Estaba pasando y no quería...

—¿No querías qué? —preguntó Melodee abriendo sus ojos grises, que siempre estaban maquillados con mucha sombra ahumada—. No querías ser una estúpida perdedora. ¡Pero lo eres! —Melodee se secó las mejillas y se pasó los dedos por su pelo rubio en capas—. Mejor no le cuentes a nadie lo que escuchaste. ¿Me copias, Fatty?

Fabi quiso corregirla. Desde que aquel estúpido profesor de AmeriCorps de Nueva York había confundido su apodo y la llamó "Fatty", todos, especialmente Dex Andrews y sus amigos, pensaron que era chistoso llamarla de ese modo. Había tenido la esperanza de que la gente madurara durante el verano, pero obviamente no había sido así.

Melodee acercó su cara a la de Fabi, diciéndole con un tono amenazante y lleno de desprecio:

—Si me entero que estás hablando a mis espaldas, te vas a arrepentir. Y de tal manera que no querrás haber nacido. ¿Entendiste?

Fabi asintió sin chistar.

—Perfecto. —Melodee sonrió con aire de superioridad—. ¿Y podrías hacerle a toda la escuela un favor y comprarte ropa nueva? Adiosito, perdedora.

Fabiola escuchó el eco de los pasos de Melodee desapareciendo por el pasillo. Hubiera querido tener el coraje para partir a esa pequeña bruja en dos como si fuera un fideo. Este era el ejemplo perfecto de que en la escuela había reglas. Y ella había violado la más importante de todas: no caminar sola por los pasillos.

Si Georgia Rae no se hubiese mudado. O si por lo menos ella pudiera vivir en otra parte, algún lugar lejos, muy lejos. Pero con desear nunca había conseguido nada.

El timbre del almuerzo interrumpió sus tristes pensamientos. Suspiró y, echando mano a lo que le quedaba de autoestima, caminó hacia la biblioteca.

Al terminar las clases, Fabiola vio que Santiago estaba recostado sobre el capó de su camioneta negra en el estacionamiento de Dos Ríos. Fabi corrió hacia él y le dio un fuerte abrazo. Hasta ese momento no se había dado cuenta de cuánto necesitaba ver una cara amistosa.

—Oye, guapa —la saludó Santiago abrazándola—. ¿Te pasa algo?

—Nada, feliz de verte —dijo Fabi, sonriendo para no delatar cómo se sentía de veras. Santiago y su papá eran los únicos que la llamaban "guapa". Era un poco embarazoso ya que nadie en su familia pensaba que ella era bonita.

—Entonces, ¿cómo te fue en tu primer día? ¿Dónde está Alexis?

Fabi abrió la boca para contarle de su nuevo maestro de arte, pero justo en ese momento apareció Alexis de la nada y saltó sobre la espalda de Santiago.

—Oye, Santi —lo saludó haciendo muecas y abrazándolo, y cuando su primo la puso en el suelo, su cara irradiaba felicidad—. La secundaria es divertidísima. He conocido muchísima gente agradable y todos quieren que sea su amiga y que me siente con ellos en la cafetería. Y deberías ver el grupo de mariachi que hay en la escuela: son superprofesionales, y todos tienen trajes blancos con corbatas verdes y fajas rojas en la cintura. Les dije que tocaba el violín y quieren que haga la prueba para entrar, pero también me inscribí en el equipo de porristas y en clases de actuación. ¿Ustedes sabían que hacen musicales? ¡Hay tantas cosas que quiero hacer que no sé cómo voy a encontrar tiempo para hacer tareas! Ay, Dios, necesito practicar. Me muero por contarle a mi maestra de canto.

—No te vi en la escuela en todo el día —le dijo Fabiola a Santiago cuando Alexis finalmente hizo una pausa para respirar.

Santiago sonrió, consciente de que lo habían descubierto.

—Bueno, tú sabes, iba a venir, pero después de dejarlas me di cuenta de que había olvidado un libro que debía haber entregado el año pasado y cuando llegué a la casa...

—¡Cuidado! —gritó alguien.

Fabi levantó la cabeza y vio un balón de fútbol que venía directo hacia ella. Alexis gritó. Fabi levantó el brazo para bloquearlo, pero un hombre grande y macizo la golpeó con fuerza en la espalda.

—Lo siento mucho —se disculpó Dex Andrews, fingiendo ayudar a Fabi pero sin quitarle la vista a Alexis. Había atrapado el balón y ahora jugaba con él entre sus manos como si nada hubiera sucedido.

—Ay, muchísimas gracias por salvar a mi hermana de un horrible pelotazo. —Alexis lo miraba derretida—. ¡No sé qué hubiera pasado si no hubieras aparecido!

—No te preocupes —sonrió Dex, y señaló al grupo de atletas que se reía y chiflaba a unos veinte pies de ellos—. Mi amigo tiene muy mala puntería.

—No es cierto —gritó Fabi molesta—. Lo hicieron a propósito.

Dex se volteó hacia Fabi con una expresión de indignación.

—¿Por qué haría yo algo así? ¡Y menos a ti!

Santiago agarró a Fabi por el brazo y se interpuso entre ella y Dex.

—Porque eres un tipo bajo y eso es lo que hacen los basuras como tú —dijo.

Dex se enderezó, retando a Santiago con la mirada. Le sacaba una cabeza y era por lo menos cincuenta libras más pesado que él, pero eso no asustaba a Santiago.

—¡Santiago Reyes! —dijo el Sr. Castillo, el subdirector de la secundaria y ex estrella de fútbol estudiantil, desde el descanso de la escalera—. Escuché que estabas enfermo.

—Así es —respondió Santiago con los pies bien plantados en el suelo—. Pero ya estoy bien.

Obviamente el Sr. Castillo no le creyó, pero lo dejó pasar.

—Excelente, entonces te espero en mi oficina mañana a primera hora.

Santiago entrecerró los ojos por un segundo. Un gesto que hacía cuando estaba muy enfadado y trataba de controlar la ira.

—Sí, señor —dijo, y volvió a mirar a Dex.

El subdirector miró a Dex y luego de nuevo a Santiago.

—Bueno, chicos, hora de irse. ¡Así que andando! —dijo.

—Sí, Sr. Castillo —respondió Dex, y antes de voltearse se dirigió a Santiago—. Ya nos veremos las caras.

—Aquí estoy, nene, cuando quieras —dijo Santiago irritado.

—¡Fabiola! —la llamó el subdirector.

—¿Sí?

—Llévate a tu primo ahora mismo.

Fabi empujó a Santiago.

—Ya me iba —gritó Santiago mientras subía a su camioneta.

Las chicas subieron tras él. Santiago, molesto, subió el volumen de la radio y aceleró tanto que hizo chillar las gomas.

—Odio al Sr. Castillo. Siempre trata de hablarme como si fuera mi papá —dijo, y se quedó mirando fijamente la carretera como perdido en sus propios pensamientos—. Lo que quiere es ganarse puntos con mi mamá.

Fabi y Alexis no dijeron ni media palabra en todo el viaje de regreso. No parecía ser un buen comienzo del año escolar.

capítulo 3

Los domingos eran días de menudo. Los clientes, jóvenes y viejos, venían al restaurante de los Garza después de la misa a comerse un plato del guisado de tripa de Leonardo. Algunos hasta decían que el menudo tenía propiedades mágicas, que revivía el alma, quitaba el mal genio y eliminaba la resaca.

Ese domingo, después de la primera semana de clases, Fabiola estaba ocupada arreglando las mesas, tomando las órdenes y ayudando a preparar los cafés. Su hermana estaba sentada con su abuela Alfa. Tenía una pila de libros de texto a su lado, pero no estudiaba, ella solo estaba interesada en los últimos chismes. Al otro lado del salón, abuelita Trini desempolvaba el altar de Little Rafa con amoroso cuidado mientras cantaba suavemente una vieja canción de amor: *"Un viejo amor, dadadidadadadida"*.

—Es hora de servirme otra tacita de café —dijo abuelito Frank agitando su taza vacía en el aire.

—Sí, señor —respondió Fabi cargando un pesado cubo de platos sucios hacia la trastienda, donde Chuy, el asistente y mano derecha de su padre, estaba ocupado llenando la fregadora de platos.

—*How's it going, Chuy?* ¿Cómo va todo? —preguntó Fabi lentamente.

Jesús "Chuy" Méndez era natural de Eagle Pass, hijo de un mexicano y de una indígena kickapoo. Pero había nacido en la casa en vez de un hospital, e inmediatamente después su padre se lo había llevado a México, por lo que no tenía ningún certificado de nacimiento. Ahora, de regreso en Texas, Chuy estaba tomando clases de inglés en las noches y cuidando a su madre los fines de semana. Le gustaba practicar inglés con Fabi porque ella nunca se burlaba de su acento.

—*Many of customers to... day* —dijo, y señaló con la cabeza una pareja que entraba en el restaurante.

Magda sentó a la pareja junto a la puerta y le hizo un gesto a Fabi para que los atendiera.

—Bueno días —saludó Fabiola, sacando el menú de su bolsillo trasero—. Bienvenidos a Garza's. ¿Qué desean ordenar?

La mujer, de pelo cano y corto muy arreglado, sonrió con timidez mientras ojeaba ambos lados del menú.

—Lo siento pero somos veganos —dijo con acento de la Costa Este—. No comemos nada animal. ¿Cómo cocinan los frijoles?

—¿Veganos? —A Fabi se le encendieron los ojos—. Sé lo que es. Yo soy vegetariana.

La mujer la miró con agrado.

—En serio —insistió Fabi—. Para ser sincera, la mayoría de nuestra comida está cocinada con grasa de cerdo, pero puedo pedirle a mi papá que les prepare un plato de fajitas vegetarianas o tacos de papas y calabacines a la parrilla con un poquito de aceite de oliva y cubiertos de lechuga y tomate frescos bien picados, cebolla y jalapeños. ¿Qué les parece?

—¡Magnífico! —dijo el hombre—. ¡Pensé que nos moriríamos de hambre! Todo lo que hemos visto hasta ahora tiene bastante carne y queso.

—Bienvenidos al Valle del Río Grande —dijo Fabi retorciendo los ojos con amistosa complicidad—. Regreso enseguida con agua.

La puerta sonó nuevamente y Santiago se quedó esperando que advirtieran su presencia. En cuestión de segundos abuelita Trini estaba corriendo hacia él, cubriéndolo de besos.

—Ay, mi niño. Qué milagro. Por fin apareces. ¿Dónde estabas metido? ¿Estabas haciendo ejercicios, mijo? Pareces acabado de salir del gimnasio. ¿Tienes hambre? ¿Qué quieres comer?

Trini se viró hacia la cocina y llamó a Chuy.

Santiago saltó a una de las bancas del bar, junto a abuelito Frank, y le dio una cariñosa palmada en la espalda.

—¿Cómo anda todo, abuelo? ¿Está bueno el café?

—Delicioso—. Abuelito Frank sonrió, dejando ver su brillante diente de oro. Alexis y abuelita Alfa se les unieron. El encanto magnético de Santiago atraía a la gente como un faro a los barcos en noches de tormenta.

Fabi entró en la cocina. Su papá revolvía una cazuela de chili. No había probado ni una cucharada del almuerzo que tenía en un rincón.

—Pa, tengo una pareja que quiere comida vegana. Pensé que podíamos...

—¿Vega... qué? —preguntó su papá molesto.

Rara vez los clientes hacían pedidos especiales o se quejaban. El menú del restaurante no había cambiado en veinte años y su papá no veía ninguna razón para cambiar lo que hasta hoy había funcionado.

—¿Qué cosa es eso?

—¿Recuerdas que te dije que ahora soy vegetariana y no como carnes?

Su papá asintió, moviéndose con torpeza por la cocina. Fabi notó las bolsas oscuras bajo sus ojos y deseó por millonésima vez que tomara un descanso. "¡Ja! —decía él—. Uno descansa el día que se muere".

El Sr. Garza se acercó a Fabi. El olor familiar de la canela y el chili en polvo se le colaron a ella por la nariz cuando él le puso una mano en el hombro y se inclinó hacia ella para que nadie los oyera.

—No sé por qué te empeñas en hacer dietas si así estás bien...

—No se trata de dietas, pa. Solo quiero comer sano —dijo Fabi retrocediendo.

—¿Y tú no crees que el menudo es sano? Mírame a mí —dijo golpeando su amplio pecho—. Como la comida que preparo todos los días y estoy como un toro.

—No es eso, papi —protestó Fabi en un susurro. Sabía que era por gusto. Su papá no iba a escucharla. Nadie en su familia la escuchaba.

—Ve a decirle a esos vegaloquesea... —ordenó Leonardo alzando la voz— ¡que si no les gusta nuestra comida, que se vayan a otra parte!

Diciendo eso, le dio la espalda y dejó caer

una pesada sartén sobre la estufa industrial produciendo un ruidoso golpe metálico.

—Pero, papi —rogó Fabi suavemente.

—Ve y diles —gritó, haciéndole un gesto para que saliera de la cocina.

Fabiola regresó frustrada y se disculpó con los clientes. Siempre era lo mismo con su papá. Cada vez que Fabi le sugería algo nuevo en el menú para atraer otro tipo de clientes, él le respondía bruscamente. Estaba mirando a la simpática pareja que se marchaba sin protestar cuando escuchó a su primo.

—Oye —se quejaba Santiago desde el mostrador—, yo no pedí esto.

Chuy salió de la cocina limpiándose las manos.

—Dije que quería enchiladas de pollo, no de queso.

—No, dijiste de queso —respondió Chuy en su inglés imperfecto y poco fluido después de apretar los labios nerviosamente.

—¿Me estás diciendo mentiroso? —dijo Santiago golpeando el mostrador—. Ni siquiera puedes hablar bien inglés. ¡No sé ni cómo trabajas aquí! —añadió, y empujó el plato a un lado como si fueran despojos.

—Basta ya, Santiago —lo regañó Magda desde detrás de la caja registradora.

Aunque el papá de Fabi era el rey de la cocina, el resto del restaurante estaba bajo la supervisión de su mamá. Cuando ella daba una orden, todos saltaban, incluso algunos de los clientes habituales. Nadie quería meterse en problemas con ella.

—Ay, tía —dijo Santiago como si nada hubiese pasado—. Solo estaba bromeando. Tú sabes cómo quiero a este hermano fronterizo.

—Chuy se mata trabajando —respondió Magda poniendo sus fuertes manos en jarra—. Está seis días a la semana con tu tío, y va a la escuela en las noches. Y tú, ¿cuándo vas a venir a ganarte todo lo que te comes?

—Ay, tía —dijo Santiago—. Sabes que lo haré. Los quiero mucho. Ustedes son mi familia. Voy a venir. Te lo prometo. Solo tengo que llevar mi camioneta al taller primero. Y después pensé que podíamos irnos todos a la isla al mediodía.

—Santiago —dijo Magda en tono de reproche pero sin pizca de molestia—, tú sabes que
no puedo abandonar el restaurante.

—Pero si hasta Dios descansa un día
—insistió Santiago con inocencia, y se dirigió a
Chuy—. ¿No es cierto, Chuy?

Magda movió la cabeza.

—No puedo enojarme por mucho rato contigo. Come y vete a arreglar ese estúpido carro
tuyo —dijo haciéndole un gesto para que se
callara.

Afuera sonó un claxon.

—Ahí llegaron a buscarme —dijo Santiago.

—¿Quién es? —preguntó abuelita Alfa.

—Unos amigos —respondió Santiago y
puso las enchiladas en una cajita plástica.

—¿Amigos? —dijo Alfa sorprendida—. ¿Ese
no es el hijo de Victorino Salinas?

Abuelita Trini corrió hacia la puerta antes
de que Santiago se fuera.

—¿Qué haces andando con los hermanos
Salinas? —preguntó asustada.

—Abuelita, no es lo que estás pensado.

—¿No? —exclamó Trini—. ¿En serio? ¿Y cómo sabes qué estoy pensando?

—Me están dando un aventón, eso es todo.

—No te atrevas a subirte a ese carro. Con esa gente no se juega —protestó Trini.

—Ese es el carro del diablo —dijo Alfa haciendo la señal de la cruz.

Santiago se echó a reír.

—Vamos, dejen de preocuparse. Les prometo que no va a pasar nada. Solo necesito un aventón hasta el mecánico. Si quieren las llamo cuando llegue, ¿de acuerdo?

Las dos abuelas no parecían convencidas. Alfa comenzó a rezar el rosario en silencio con los ojos cerrados mientras Trini hacía la señal de la cruz en la frente de Santiago. Cuando finalmente pudo escaparse de las abuelas, Alexis y Fabiola lo siguieron hasta la entrada y se quedaron viéndolo subirse al Cadillac Escalade negro de ventanillas ahumadas. En el vidrio trasero había una pegatina de un esqueleto vestido con una larga túnica y sosteniendo una guadaña.

Alexis aguantó la respiración y miró a Fabiola horrorizada.

—La Santa Muerte —susurró Fabi.

Dentro del restaurante se escuchaba un zumbido cargado y tenso, como si alguien hubiera pateado un avispero. Rudy, el vendedor de autos usados, afirmaba que si los hermanos Salinas eran devotos de la Santa Muerte, la patrona de los contrabandistas, las prostitutas y los ladrones, seguro que trabajaban con los narcotraficantes que operaban a través del río. Liza Anzaldúa, la prima mayor de Fabi, aseguraba que era toda la marihuana que fumaban lo que los estaba volviendo locos. En cambio, tío Tito pensaba que se trataba del resurgimiento de la cultura azteca en las nuevas generaciones. Abuelita Alfa fue la más radical y determinó que la Santa Muerte era un culto satánico al que había que ponerle fin.

Al escucharla, Cherrio, un viejo amigo de abuelito Frank, preguntó:

—¿Y qué vas a hacer para lograrlo, Alfa, enfrentarte a la mafia? Sabes bien que son los que están regando todas esas ideas.

—Bueno, yo sé lo primero que haré —replicó abuelita Alfa frustrada—. Me voy a la iglesia a rezar. Y si tú fueras inteligente harías lo mismo, Cherrio —dijo agitando un dedo frente a él—. Sabe Dios la última vez que te confesaste.

El viejo hizo una mueca contrariado. Abuelita Alfa siempre estaba sermoneando a la gente por no ir a misa. Cherrio le dio la espalda y refunfuñó alto mientras se llevaba la taza a la boca:

—¿Y a ti quién te hizo madre superiora?

Todos comenzaron a reír y el ambiente se aligeró un poco. Abuelita Trini se reclinó hacia Alexis pidiéndole que cantara una de las baladas románticas de Little Rafa. Alexis se fue bailando hacia la máquina tocadiscos y apretó la tecla B-14. Las notas agudas de una melodía con acordeón brotaron de la máquina. La chica conectó el micrófono a la máquina y comenzó a balancearse de un lado a otro, al ritmo de la música country. Era "Besos de vaquero en la noche", la canción favorita de Fabiola.

Entonces sucedió algo que hizo que Fabi se quedara boquiabierta. No podía creerlo. Su papá salió lentamente de la cocina, se quitó el delantal y se lo dio a Chuy. ¡Él nunca salía de la cocina! Leonardo se pasó los dedos por el pelo mientras atravesaba el salón estirando la mano hacia su esposa. Magda lo miró a los ojos sonriendo con timidez como una adolescente y lo siguió a la improvisada pista de baile, el espacio que quedaba cuando se empujaban un par de mesas hacia la pared. Leonardo y Magda se deslizaban ligeros sin tener que mirar al piso. La campana de la entrada había sonado, pero Fabi, como todo el mundo en el restaurante, estaba tan cautivada por el baile que no podía quitarles los ojos de encima. Le encantaba ver bailar a sus padres. Cada vez que lo hacían, el corazón le latía con orgullo. Vio a Alexis haciéndole muecas desde el otro lado del salón. Sus padres seguían muy enamorados después de tantos años.

Mientras todos gritaban y pedían más, Fabi fue a ver si alguien necesitaba algo. Fue entonces cuando descubrió a Dex Andrews en la entrada. ¿Qué estaba haciendo aquí? Su mamá hizo un sonido para llamar su atención. A pesar de estar en medio de la pista de baile, Magda seguía dirigiendo el restaurante y con un gesto le dio a entender a su hija que fuera a atender al nuevo cliente.

Dex miraba a Alexis, que ya había comenzado a cantar una nueva canción, esta vez una muy movida. Tenía una extraña mirada que a Fabi no le hizo ninguna gracia. Él no le caía bien y, sobre todo, a ella no le agradaba verlo en el restaurante.

Fabi se acercó a la mesa donde Dex se había acomodado.

—¿Y tú qué quieres? —le disparó.

—¿Qué tal si para empezar me traes el menú? —dijo Dex sonriendo.

—¿Qué estás haciendo aquí? Los dos sabemos que tú no quieres comer aquí.

—¿Y tú cómo lo sabes?

—En todos estos años nunca has venido al restaurante de mi familia, pero ahora, de pronto, ¡te han entrado ganas de probar nuestra comida!

—Quizás antes no tenía un motivo para venir —dijo Dex guiñando un ojo.

¿Entonces el motivo ahora era su hermana Alexis? Fabi sintió náuseas.

—Bueno, lo que pasa es que no tenemos menú —dijo con una sonrisa tan amplia que comenzaron a dolerle las mejillas—. De hecho ya se acabó la comida, lo siento.

—Ay, Fabi —la interrumpió abuelita Trini, que había escuchado la conversación—. ¿Por qué estás siendo tan maleducada con ese joven tan apuesto? Mira su chaqueta de deportista —le dio una palmadita cariñosa a Fabi—. Es un chico atlético, como a ti te gustan, ¿no es cierto, Fabi?

Trini le sonrió a Dex y, mientras Fabi la miraba atónita, añadió con coquetería:

—Deberías probar nuestro chili con carne picante. Tienes cara de que te gusta el picante.

Dex se sonrojó y Fabi comenzó a pensar que quizás la intervención de abuelita Trini había llegado justo a tiempo.

—Regreso en un momento con tu orden —dijo Fabi, y se alejó rápidamente, dejando a Dex con su "seductora" abuelita.

Cuando regresó, unos minutos más tarde, vio que Alexis acompañaba a Dex a la mesa. Alexis se reía de manera exagerada y artificial, siempre hacía lo mismo cuando pretendía impresionar a alguien. La escena daba grima, pero ¿qué se podía hacer?

—Aquí tienes tu orden—. Fabi lanzó el plato de chili sobre la mesa, derramando un poco del sustancioso caldo.

—Está bien, gracias —respondió Dex un poco molesto.

Alexis le echó una mirada a su hermana de "desaparécete". Fabi la sintió fría como una puñalada en la espalda. No podía creer que su hermana estuviera actuando así, ¡sobre todo después de haberle explicado esa misma semana las reglas de la escuela! Mientras se alejaba, Fabi escuchó a Dex decir, "¿Qué es lo que le pasa a tu hermana?", y tuvo que hacer de tripas corazón para no voltearse.

Dex se fue treinta minutos después, pero Fabi se vio obligada a escucharle a su hermana el cuento de la conversación. Por suerte, en medio de la larga perorata de Alexis, la campana de la puerta sonó nuevamente. Fabi alzó la mirada y lamentó haberlo hecho al instante. Era Melodee Stanton, con su bolsa Louis Vuitton y un perro feo con aspecto de rata vestido casi igual que ella. ¿Qué estaba pasando? Demasiada tragedia para un solo día. Quizás estuviera a tiempo de cambiarse de escuela.

—Hola —dijo Fabi mientras se acercaba a ella.

Melodee dio un respingo al ver a Fabi y siguió escudriñando el lugar.

—¿Trabajas aquí? —preguntó incrédula.

—Sí, es el restaurante de mi familia. —Fabi extendió un brazo con dramatismo—. Trabajo aquí desde que tenía siete años. Pero no creo que hayas venido a que te cuente la historia de mi vida.

Melodee bufó molesta antes de echarle un vistazo a su reloj Gucci.

—No, no tengo tiempo para conversar. Lo que quiero saber es si Dex estuvo aquí—. Miró por encima de Fabi hacia la cocina. ¿Pensaría que Dex estaba escondido bajo el mostrador?

—Se acaba de ir ahora mismo —dijo Fabi señalando la puerta.

Melodee estaba a punto de marcharse, pero algo la hizo detenerse y mirar a Fabi a los ojos.

—¿Y qué era lo que quería?

En ese momento, Alexis salió del baño. Tomó una botella de gaseosa y regresó a su mesa para comenzar a hacer las tareas. Melodee siguió la mirada de Fabi.

—No sé —respondió Fabi—. Parece que le gusta el chili con carne picante.

Melodee puso cara de asco, o quizás era solo un gesto para relajar los músculos de la cara que llevaban encima varias capas de maquillaje. Fabi siempre se preguntaba cómo hacía para que no se le derritiera el maquillaje con tanto calor y humedad.

—No te hagas la lista, señorita Fabiola Garza.

—¿Por qué? ¿Estás espiando a Dex o qué es lo que te traes?

—No, no es eso. Yo solo... —tartamudeó Melodee mientras comenzaba a sonrojarse— necesitaba hablar con él. Eso es todo. Pero no es nada que te importe y no sé ni siquiera por qué te lo estoy explicando.

Se volteó con rapidez y salió por la puerta, dejando una estela de perfume tras ella que competía con el de abuelita Trini.

Fabi corrió hacia el baño y se escondió con el fin de calmar su agitado corazón. ¿Por qué le estaría pasando esto a ella? ¡Dex y Melodee el mismo día! ¿Cuáles eran las probabilidades? No sabía por qué le molestaban tanto. Claro, Dex era un atleta, un idiota, y se había burlado de ella todo el primer año. Y Melodee era una "píldora", una de esas gigantescas pastillas de vitamina que dan arqueadas y ganas de vomitar. Y ahora con Dex babeando por Alexis, ¿qué se suponía que debía hacer?

Fabi sacó el celular y le envió un mensaje de texto a su mejor amiga. Una sola palabra:

Sálvame.

capítulo 4

El viernes siguiente Georgia Rae recogió a Fabi después de la escuela. Iban a ir a un partido de fútbol del equipo Dos Ríos, pero primero Fabi quería ver la nueva casa de Georgia Rae. El pequeño apartamento estaba atestado hasta el techo de pilas de cajas sin abrir. Georgia Rae había vivido toda su vida en un rancho ganadero que construyó su tatarabuelo, rodeada de codornices, cerdos y pavos que corrían por las lomas. Pero cuando el novio de su mamá cayó preso por contrabando, tuvieron que mudarse a un complejo de apartamentos en McAllen.

—¿Qué hizo tu mamá con los animales disecados? —preguntó Fabi.

Los miembros de la familia de Georgia Rae eran ávidos cazadores que siempre disecaban sus presas, por lo general venados, patos y linces. Daba un poco de miedo en las noches cuando algún reflejo de luz iluminaba las decenas de ojos de vidrio.

—Mami se deshizo de todo. Ahora está obsesionada con arrancar de cero —dijo Georgia Rae con una expresión de aburrimiento mientras rociaba con laca sus cortos flequillos marrones. Echó un vistazo alrededor de su habitación y se encogió de hombros—. Es mucho más pequeño que el rancho, pero en realidad mi mamá es mucho más feliz en la ciudad. ¿Te conté sobre el departamento de teatro de mi escuela? —preguntó, cambiando de repente de tema—. Mi maestra de actuación dice que tengo muchas posibilidades. Me recomendó que hiciera la audición para el personaje principal de la nueva obra. ¿Puedes creerlo? Deberías ver dónde se reúnen los estudiantes de teatro. Te va a encantar. También venden comida vegeta-riana —comentó agarrando las llaves de encima del aparador—. Vamos, que se nos hace tarde.

Georgia Rae llevó a Fabi a una acogedora casa de madera verde que había sido conver-tida en café. Las paredes estaban decoradas con cuadros y viejas carátulas de discos. El lugar era tan moderno, tan peculiar, que no parecía quedar en el Valle. Parecía sacado de una gran ciudad, como Austin o Houston.

—Tienes mucha suerte de vivir aquí —dijo Fabi.

Estaba sentada sobre un sofá con estam-pado de piel de animal, sorbiendo un *caramel macchiato*, y por alguna razón se sentía veinte veces más atractiva de lo que era.

"Así es como la gente civilizada debe vivir —pensó—. Con cines, un centro comercial, galerías de arte. Si viviera aquí me la pasa-ría tomando cafés *macchiatos* con sirope de caramelo".

—Sabía que te encantaría—. Se notaba que Georgia Rae disfrutaba la oportunidad de mos-trarle a su amiga su nueva vida.

—Todavía no puedo creer que tus padres te hayan dado el viernes libre —añadió.

—En realidad Chuy está trabajando por mí. Él se encargará de cerrar el restaurante esta noche. —Fabiola abrazó a su amiga y se echó a llorar emocionada—. ¡Te extraño tanto! No puedo creer que me hayas abandonado. La escuela no es lo mismo sin ti. ¿Crees que tu mamá quisiera adoptarme?

—¡Exagerada! —bromeó Georgia Rae empujando a Fabi—. No puedes estar pasándola tan mal.

—Mucho peor de lo que te imaginas —dijo Fabi—. Es como una pesadilla de la que no puedo despertar. Mi propia hermanita se ha convertido en una de las chicas populares.

—¡No! —gritó Georgia Rae horrorizada.

—Te juro que es lo peor —Fabi no sabía si reír o llorar—. En serio, estaba ilusionada con que ella comenzara la secundaria. Tenía grandes planes para las dos este año. Pero ahora... me siento como Cenicienta.

Georgia Rae se inclinó hacia ella y le apretó la mano.

—Estoy bien —añadió Fabi, tratando de tranquilizar a su amiga—. Solo que todo es muy extraño. Ya no sé cómo actuar con ella. Y Dex Andrews está desquiciado por ella.

Georgia Rae se metió el dedo índice en la boca, como si fuera a vomitar, y Fabi no pudo contener la risa.

—¿Desagradable, verdad? Y no hay manera de que Alexis entienda. Está tan enamorada de la secundaria que me hace sentir como una amargada aguafiestas.

—No tienes por qué sentirte como una aguafiestas —dijo Georgia Rae dando un golpe en la mesa—. Todos esos chicos son unos idiotas. Además, ¿en qué quedó nuestro plan?

—Claro, pero te fuiste y me dejaste —se lamentó Fabi—. Y ahora tienes todo esto.

—¿Todavía tienes el dinero que te regalaron para tu fiesta de quinceañera?

—Sí, está en el banco, como acordamos.

Fue idea de Georgia Rae que Fabiola no celebrara la tradicional fiesta de quinceañera sino que guardara el dinero para un viaje a

Nueva York. Su tía Consuelo se había ofrecido a llevarlas.

—¿Entonces de qué te quejas? En un par de años ya no estaremos aquí. ¡Adiós sol insoportable y remolinos de polvo! ¡Adiós atletas tontos y bailarinas presumidas! La universidad será un mundo totalmente nuevo.

—Ay, Georgia Rae —se lamentó Fabi, aguantando las ganas de llorar—. Tienes tanta razón. No sabes cuánto te necesito. Siempre tienes la respuesta perfecta. Voy a tener que venir a visitarte una vez a la semana para no volverme loca.

—Seguro. Dejemos de hablar de cosas tristes —miró su reloj—. Mejor nos apuramos o llegaremos tarde al primer partido de la temporada.

Camino a Dos Ríos, Fabi sintió un vacío en el estómago. Se volteó a mirar la carretera mientras Georgia Rae conducía. Atrás iban quedando las tiendas por departamento y los restaurantes de cinco estrellas, y comenzaba el paisaje árido, los girasoles silvestres y los animales atropellados en la carretera. Aguantó la respiración cuando cruzaron los límites de la ciudad. A pesar de todo lo que les molestaba de la escuela y la antipatía que sentían por la mayoría de sus atletas, Fabi y Georgia Rae siempre asistían a los juegos de fútbol de Dos Ríos. Les encantaba ver a su equipo luchando con furia en el campo.

—Oye —dijo Georgia Rae señalando hacia fuera—, ¿ese no es el chico nuevo? ¿Cómo es que se llama?

—Creo que Milo —respondió Fabi.

A la orilla de la carretera, al parecer averiado, estaba Hermilo Castillo-Collins. Del capó de su viejo sedán BMW salían columnas de vapor como si fuera una tetera. Georgia Rae estacionó su camioneta para ver si necesitaba ayuda.

Milo se había mudado de Phoenix, Arizona, hacía un año. Fabiola no lo conocía bien porque era un chico bastante introvertido. Los atletas se burlaban de su extraña manera de vestir.

—Parece que necesitas ayuda —dijo Georgia sacando medio cuerpo por fuera de la camioneta Toyota.

—¡Oye, yo a ti te conozco! —le dijo Milo a Fabi.

—Claro —respondió Fabi con timidez; siempre sentía un poco de vergüenza cuando conversaba con alguien por primera vez—. Me siento detrás de ti en la clase de Geometría.

—Exacto —asintió él sonriendo.

Georgia Rae se bajó y miró debajo del capó.

—¿Y aquí qué pasó?

—Ni idea —respondió Milo sonrojado—. Este cacharro siempre se está dañando. Comenzó a oler raro y luego empezó a salir un humo blanco del capó. No debe de ser nada bueno, ¿no es cierto? Me alegro que hayan parado. No quería dejar el auto solo porque adentro tengo todo mi equipo.

—Parece que tienes un escape en el radiador —dijo Fabi, y señaló un charco de agua en el pavimento—. O podría ser la manguera del líquido refrigerante. Revisa el nivel del anticongelante para estar seguros.

—¡Pero si el anticongelante está en cero! —dijo Georgia Rae casi sin creer lo que veía.

Milo se encogió de hombros desconcertado.

—Les advertí que no sabía nada de autos —dijo acercándose a darle una mirada al motor—. ¿Todas las chicas de por acá son mecánicos o ustedes dos son especiales?

—Aquí la experta es Fabi —dijo Georgia Rae, y se acercó a su amiga.

—Bueno, es que tengo ocho tíos por parte de padre —explicó Fabi—. Si anduvieran con ellos tanto como yo, también se convertirían en expertos en autos, en fútbol y en carne asada.

Milo se rió entre dientes. Tenía una sonrisa encantadora. Fabi y Georgia Rae se asomaron al asiento trasero del viejo BMW. Estaba lleno de cajas plásticas repletas de equipos de audio y cables eléctricos.

—Nosotras vamos para el partido de fútbol. Pero si quieres podemos poner tus cosas en mi camioneta y te damos un aventón hasta el pueblo —sugirió Georgia Rae.

—Estoy segura de que mi papá tiene un poco de refrigerante —dijo Fabi.

—¿De verdad harían eso por mí? —dijo Milo sorprendido—. Muchas gracias.

Las chicas lo ayudaron a poner sus platos de tocadiscos, sus mezcladoras de sonido y las cajas de discos de vinilo dentro de la camioneta. Mientras regresaban a la autopista, Milo les puso uno de sus CD de mezclas. La música era realmente buena, con ritmos suaves de hip-hop. Milo cerró los ojos y siguió con la cabeza el ritmo de la música, como si estuviera en un trance. Fabi también los cerró tratando de perderse en la música, pero después de un rato abrió los ojos porque se sentía un poco estúpida. Milo estaba sonriendo. La había estado mirando. Fabi se volteó avergonzada y se puso a mirar por la ventanilla.

Ya había caído la noche cuando se detuvieron frente al restaurante de su familia.

—¿Quieren bajar? —preguntó Fabi mientras abría la puerta de la camioneta—. Será solo un momento. Sé donde mi papá guarda el anticongelante.

Milo y Georgia Rae siguieron a Fabi hasta el restaurante. Ella pensaba entrar y salir en menos de cinco minutos, pero tan pronto como puso un pie del otro lado de la puerta, se quedó petrificada.

Chuy estaba tirado en el piso con la cara cubierta de magulladuras. Alexis le sostenía la cabeza sobre sus piernas mientras su mamá le limpiaba con cuidado las heridas. El ojo derecho de Chuy estaba cerrado de la hinchazón, sangraba por la nariz y por una cortada que tenía en la mejilla. Tenía la camisa rasgada y una marca de bota fangosa en el delantal.

—¿Y aquí qué pasó? —gritó Fabi corriendo hacia Chuy.

Magda la miró con los ojos hinchados.

—Ay, cariño, no te llamé para que no te preocuparas.

—Mami, ¿qué pasó?

Chuy intentó sentarse. Abrió la boca como si fuera a decir algo pero solo salieron burbujas de sangre de sus labios inflamados.

—No te muevas —lo regañó Magda como si fuera un niño inquieto—. Tu papá fue a buscar a tu primo —dijo dirigiéndose a Fabi.

—Mami, debemos llevarlo al hospital. Está sangrando demasiado.

A Magda se le llenaron los ojos de lágrimas.

—Tratamos... pero Chuy no nos deja. No quiere ir al hospital. Dice que es demasiado caro.

—¡Pero podría morirse!

—Tu primo Benny está en camino.

—Mami, Benny es solo higienista dental —dijo Fabi.

—Mucho mejor. Lo limpiará mejor que nadie. —La Sra. Garza alzó la mirada y añadió—: Georgia Rae, cariño, ve y calienta un poco de agua.

Fabiola había olvidado completamente que sus amigos estaban a su lado.

—Me alegro que hayas traído ayuda —le dijo su mamá—. Unas manos extras no vienen mal.

—Ay, mami, te presento a Hermilo —dijo Fabi con un gesto rápido.

El chico saludó con timidez desde la puerta.

—Adelante —invitó Magda—. En el baño, al final de este pasillo, encontrarás toallas limpias. Tráelas todas.

—Sí, señora—. Milo reaccionó como un resorte y corrió hacia el baño.

Alexis peinaba a Chuy con los dedos.

—Íbamos para el partido de fútbol y pasamos por aquí. La puerta estaba abierta y lo encontramos tirado en el piso. Las lágrimas le rodaban por las mejillas.

—¿Quién sería capaz de hacer algo así? Esto no tiene sentido.

Fabi movió la cabeza como si todavía no pudiera creerlo. ¿Quién sería capaz de hacer algo semejante? ¿Y nada más y nada menos que en el restaurante Garza's?

capítulo 5

Aquella misma noche, un poco más tarde, una muchedumbre ruidosa se apareció a las puertas del restaurante, pero la mamá de Fabi les dijo que ya estaba cerrado. Por los gritos de júbilo, Fabi supuso que el equipo local de fútbol había ganado el partido. Alexis observaba la multitud con ansiedad cuando su mamá encendió el anuncio de neón que anunciaba que el restaurante estaba cerrado.

El primo Benny había abandonado el programa de medicina de la Universidad de Texas cuando le faltaba poco para graduarse. Tenía suficiente conocimiento para revisar los signos vitales de Chuy y curarle las heridas. Para ese entonces, el resto de la familia había llegado: ambas abuelas, abuelito Frank y Consuelo, la mamá de Santiago. Leo y abuelito Frank ayudaron a Chuy a sentarse mientras Milo y Fabiola limpiaban el piso.

—Dinos quién te hizo esto —le insistía abuelita Alfa agitando el rosario en un puño tan apretado que las venas de la mano estaban azules.

—No lo hagan hablar —regañaba Magda—. Alguien lo asaltó.

—Pero tenemos que saber quién lo hizo —protestó abuelita Trini. Llevaba puesta una camiseta de la secundaria Dos Ríos y todavía tenía en las manos los pompones de porrista que había llevado al partido de fútbol.

Chuy trataba de hablar pero tenía problemas para respirar.

—¿Estás seguro de que no tiene una costilla fracturada? —preguntó Fabi apoyándose en el trapeador—. Sigo pensando que deberíamos llevarlo al hospital.

Benny se enderezó secándose las manos con un paño caliente.

—Va a estar bien. Solo está un poco golpeado y necesita descansar.

Chuy intentaba sentarse más erguido y se esforzaba por hablar.

—Está tratando de decirnos algo —dijo Alexis entusiasmada.

—¡Él sabe quién lo hizo! —gritó Trini—. ¡Sabe quién lo hizo!

Con mucho esfuerzo, Chuy explicó lo que había pasado. Estaba cerrando después de su turno y no estaba prestando mucha atención porque estaba apurado por llegar a la oficina de Western Union antes de que cerrara. Cada día de pago Chuy enviaba dinero a México para ayudar a su padre y sus hermanos. Gracias al dinero de Chuy, ellos tenían algo que llevarse a la boca.

En ese momento alguien lo agarró por la espalda mientras otro lo golpeó en el estómago. No pudo ver sus caras porque estaba todo muy oscuro. Le quitaron todo el dinero y lo golpearon un poco más, amenazándolo con matarlo si los denunciaba o los seguía.

Era una historia horrible. Nadie quería admitir que algo así pudiera pasar en el pequeño pueblo de Dos Ríos. No era una ciudad grande como Houston o Reynosa. Aquí todos se conocían, por lo que era probable que los maleantes no fueran desconocidos.

Fabi siempre se había sentido segura en Dos Ríos. Acostumbraba a pasear por el pueblo a cualquier hora de la noche sin preocuparse. Se conocía cada calle y cada esquina como la palma de su mano. Pero ahora, en cuestión de minutos, se sentía como una extraña en su propio pueblo. Había muchos rostros nuevos, la mayoría de ellos refugiados de la guerra de las drogas al otro lado del río. Por primera vez, Fabi sintió miedo.

Leo y Benny ayudaron a Chuy a llegar lentamente hasta el auto de Benny. Unos minutos más tarde todos escucharon el sonido del motor alejarse rumbo a casa de Chuy. Georgia Rae y Milo también se fueron al poco rato.

—La Santa Muerte —dijo abuela Alfa casi con un susurro y persignándose—. Este lugar esta manchado... —murmuró mirando hacia todas partes como si esperara que el mismísimo diablo saliera de debajo de una mesa—. Debemos llamar al padre Benavides para que bendiga este lugar.

—Comadre —dijo abuelita Trini entre risas—, ahora sí sé que estás vieja. No le puedes echar al diablo la culpa de todo.

—¡No te burles del diablo! —dijo abuelita Alfa, roja de la indignación.

Pero esto solo hizo que abuelita Trini se riera tan fuerte que se le deshizo su rígido copete a pesar de estar fijado con laca.

La campana de la puerta sonó y entró Santiago con pasos ligeros.

—Hola. ¿Qué hay de bueno para comer? —Se detuvo advirtiendo el ambiente sombrío—. ¿Y aquí quién se murió?

—Santiago —dijo abuelita Alfa acercándosele—, no deberías andar por ahí solo de noche. No es seguro.

—Abuelita Alfa —dijo Santiago mientras le besaba la mejilla—, conmigo nadie se atreve. ¿No ves estos cañones que llevo aquí? —dijo flexionando los bíceps, y dio la vuelta a la mesa para saludar con besos a todas las mujeres. Al llegar junto a Consuelo, su madre, tiró un rollo de dólares frente a ella—. Ma, esto es para ti.

—¿Y esto qué es? —preguntó Consuelo con la voz temblorosa, moviendo los dedos indecisa, sin atreverse a tocar el dinero.

—Dinero. ¿No lo ves? ¿No te basta con verlo? —bromeó Santiago.

—¿Pero de dónde lo has sacado? Pensé que te habían despedido de Burger King.

—Nadie me despidió. Yo me fui —dijo Santiago, y agarró una botella de gaseosa del refrigerador y se la tomó completa sin respirar.

Nadie se atrevió a decir una palabra. Todos los cerebros estaban entretenidos en especulaciones.

—Y esto es solo el principio, mami —continuó—. Acabo de comenzar este nuevo trabajo donde cobraré muchísimo dinero, ya verás. A partir de ahora no tendrás que preocuparte por nada más, yo me ocuparé de todo.

Santiago sonreía con el pecho henchido.

Una melodía *country* timbró en su teléfono. Santiago dijo que tenía que irse, se sirvió un poco de pan dulce y se marchó dejando a todos atónitos.

Abuelita Alfa resopló molesta rompiendo el incómodo silencio.

—¡No te atrevas! —dijo Consuelo volteándose hacia ella.

—¿He dicho algo? —protestó abuelita Alfa abriendo los ojos—. Pero si está andando con esos muchachos Salinas, nada bueno saldrá de ahí, te advierto.

—No puedo escuchar esto—. Consuelo se levantó, agarró su bolso y salió como una tromba por la puerta.

—La verdad duele. Duele como la cruz —murmuró abuelita Alfa tomando sorbitos de café—. Ese muchacho tiene mala semilla. Siempre lo he pensado.

—¡Mamá! —gritó Magda espantada.

—¡No me digas que no has pensado lo mismo! Por el fruto se conoce el árbol.

—¡Ya basta! —pidió Leo—. ¡Esto es demasiado! Santiago es un buen chico. A veces se ha metido en problemas, ¿pero quién no a su edad? No fue él quien robó a Chuy. No quiero oír otro chisme sobre esto a menos que existan pruebas. En este pueblo los chismes se riegan como la pólvora.

Abuela Alfa bufó más alto en señal de desacuerdo, cruzando los brazos y las piernas, pero Fabi respiró aliviada. No podía creer que su primo hubiera hecho algo tan espantoso y le molestaba escuchar a todos hablando mal de él a sus espaldas.

En ese momento, el teléfono de Fabi vibró en su bolsillo trasero. Era un mensaje de texto de Santiago pidiéndole que se reuniera con él detrás del restaurante. Leonardo y Magda habían ido a la cocina para discutir el incidente en privado. Los murmullos comenzaban de nuevo alrededor de la mesa. Aunque nadie le prestaba atención, Fabi masculló la excusa de que iba a regar los cactus y se escurrió fuera del salón.

La puerta de tela metálica sonó estrepitosamente tras ella. Era una noche nublada y no podía siquiera orientarse por las estrellas; así que no le quedó otro remedio que encender la luz del patio. El resplandor amarillo de la bombilla lo bañó todo desde arriba, creando sombras que saltaban de las esquinas, de los depósitos de basura y de otros objetos inservibles que su papá tenía por ahí. A lo lejos se escuchó el ulular de una lechuza. Le recordó las historias que escuchaba de niña sobre La Lechuza, la bruja que se convertía en ave para anunciar que alguien se iba a morir. Por supuesto que Fabi no creía en esas historias de terror para niños, pero el sonido la puso un poco nerviosa.

Una figura saltó de la sombra y la agarró.

—¡Aghhhhhhh! —gritó Fabi saltando.

Santiago se echó a reír y luego imitó la voz de una vieja:

—La Lechuza te va a coger.

—Eso no es gracioso —dijo Fabi, y lo golpeó en el hombro. No quería admitir que en realidad la había asustado y que estaba pensando en esa misma historia.

Santiago se rió más fuerte, casi doblado en dos.

—Deberías verte la cara. Pensé que te orinarías en los pantalones.

Fabiola no podía creerlo, allí estaba Santiago haciendo bromas justo después de lo que había pasado esa noche.

—¿Qué es lo que quieres, Santiago? ¿Para qué me llamaste?

Santiago se secó las lágrimas de la risa y finalmente se puso serio.

—No es nada complicado. Necesito que me guardes algo. Tú tienes la llave del cobertizo, ¿verdad?

Una luz de alerta se disparó en la mente de Fabi.

—¿Por qué? ¿Para qué quieres la llave? ¿Por qué no se la pides a mi papá?

—Oye —dijo Santiago alzando las manos para que se calmara—. ¿Y a qué viene todo este interrogatorio?

—¿Sabías que a Chuy lo asaltaron y le dieron una golpiza hoy?

Santiago la miró sorprendido.

—Justo en la puerta del restaurante. ¿Sabías que estaba cubriéndome el turno? Ni se suponía que estuviera trabajando hoy en la noche —continuó ella dejando salir en ráfaga todas sus preocupaciones y remordimientos.

—¡Espera! —la interrumpió Santiago—. Tú no creerás que yo tengo algo que ver con esto, ¿verdad?

Fabiola se odiaba a sí misma por desconfiar de su primo. Sabía que eso estaba mal, pero a estas alturas ya no sabía en quién creer.

—Bueno, tú me dirás.

—¿Es por el dinero que le di a mi mamá? —Santiago se volteó molesto y maldijo en voz baja. Luego añadió—: Te juro que no tengo nada que ver con lo que le sucedió a Chuy.

Fabi se quedó mirándolo fijamente. Quería creerle pero había una pequeña semilla de duda en su cabeza.

Santiago le sostuvo la mirada hasta que finalmente ella se aplacó.

—Está bien, lo siento —dijo Fabi más calmada—. No sé en qué estaba pensando. Todo este asunto me tiene muy tensa.

—No te preocupes —dijo Santiago mordiéndose el labio inferior y caminando hacia el cobertizo metálico que servía de depósito—. Pero bueno, ¿crees que pueda guardar algo en el cobertizo?

—¿Qué cosa es? —preguntó Fabi sacando la llave del bolsillo.

A Santiago se le iluminó el rostro y corrió al callejón. Al minuto regresó con una caja en la que había varios objetos metálicos. Fabi quitó el candado y abrió la puerta. El chico trajo más cajas y las organizó unas sobre otras. Ella le dio una ojeada a los discos metálicos. Eran rines, y de los caros. Sacó uno para verlo.

—Entonces...

Santiago guardó la última caja en el cobertizo.

—No vas a creerme —le dijo.

—Sorpréndeme.

Santiago se apoyó contra el cobertizo.

—Bueno, iba para el partido de fútbol

cuando encontré este camión abandonado en la carretera. La puerta trasera estaba abierta. Me llamó la atención y fui a ver...

—¡Te los robaste!

—Los encontré, ¿de acuerdo? No me robé nada. Ya te dije que me los *encontré*.

—¿Así es como estás haciendo todo ese dinero?

Santiago se pasó la lengua por los labios.

—No me gusta el rumbo que está tomando la conversación. Te agradezco que me hagas este favor, pero mientras menos sepas, mejor. Necesito guardarlos un tiempo, pero te prometo que me los llevaré rápido y los venderé legalmente porque a mí me gustan las cosas legales.

—Está bien, Santiago. —A Fabi tampoco le gustaba la explicación, pero no quería seguir regañándolo—. A veces las cosas que haces no parecen estar bien, por alguna razón. Solo te pido que tengas cuidado, ¿de acuerdo?

—Siempre. Ahora mejor me voy. Nos vemos, primi —se despidió y caminó hacia el callejón, donde estaba estacionada la camioneta.

Mientras Fabiola lo veía alejarse, todo el asunto le dio mala espina, pero también sabía que no podía controlar a su primo. Por mucho que ella lo quisiera, no podía salvarlo de su peor enemigo: de sí mismo.

capítulo 6

La algarabía por el primer partido de fútbol continuó durante toda la semana siguiente. Cada vez que un jugador aparecía por los pasillos, la gente estallaba en gritos, aunque fuera alguien de la banca. Pero Fabiola no podía compartir el ánimo festivo de la escuela. Hubiera querido, pero no podía dejar de pensar en el atraco. Lo sentía como algo personal. Podía haberle sucedido a ella. *Debía* haberle sucedido a ella. Y lo peor era que en la familia todos sospechaban de Santiago. Fabi no sabía qué pensar, y por otro lado Santiago empeoraba las cosas con su negocio de rines.

Justo antes del almuerzo, Fabi vio a su hermana con un grupo de amigos caminando rumbo a la cafetería.

—Hermanita, ¿cómo va todo? —preguntó Fabi.

Alexis se encogió de hombros y le hizo una seña a sus amigos para que siguieran de largo.

—Bien, supongo. No puedo creer que me perdí el primer partido de fútbol de la temporada. Al parecer todos estaban allí.

—¿Qué? —dijo Fabi sin poder creer lo que acababa de escuchar.

—Tú sabes de qué estoy hablando —dijo Alexis apretándole la mano—. Si mami no hubiera olvidado la billetera, no hubiéramos tenido que pasar por el restaurante. ¡Qué mala suerte!

Las hermanas entraron a la cafetería, recogieron el almuerzo y se sentaron en una mesa vacía. Fabi no podía parar de pensar en lo que le había dicho Alexis. ¿Cómo podía ser tan egoísta? Chuy había sido asaltado y probablemente por alguien conocido. ¿No era escalofriante? ¿Acaso no le preocupaba que hubiera un atracador violento entre ellos? ¿No había sido en realidad *buena* suerte que encontraran a Chuy antes de que sus heridas empeoraran?

Trató de quitarse esas ideas de la cabeza. Quería comportarse normal por un segundo, así que cambió de tema.

—¿Necesitas un aventón a las clases de canto hoy? Creo que Santiago está...

Alexis se había quedado mirando hacia otra parte, con una pícara sonrisa en el rostro.

—Creo que tengo quien me lleve.

—Hola, Alexis —dijo Dex Andrews, apoyándose en la mesa, ignorando completamente a Fabi—. Te extrañé en el partido el viernes.

Alexis se sonrojó y comenzó a coquetear, jugueteando con su pelo.

—Lo sé, me da mucha rabia habérmelo perdido, pero tuve una emergencia familiar.

—¿Está todo bien? —preguntó Dex.

—No te preocupes —respondió ella haciendo un gesto con la mano, como si fuera algo sin importancia.

—Yo sé lo que te hace falta —dijo Dex

sacando una rosa amarilla que tenía escondida y entregándosela con mucho aspaviento.

Alexis aceptó la rosa con una sonrisita nerviosa.

—¿Quieres almorzar conmigo? —preguntó Dex, señalando hacia la mesa de los atletas y las porristas y uniendo las manos en un gesto de súplica que hizo que a Alexis se le aflojaran las rodillas. Antes de que pudiera responderle, Dex agarró su bandeja y se la llevó a su mesa.

Fabi observó atónita como su hermana cruzaba al territorio de los atletas. A Alexis le importaban un bledo las reglas: hacía lo que le placía... como siempre.

—¿Me puedo sentar contigo? —preguntó una voz familiar.

Fabiola levantó la vista. Frente a ella estaba Milo cabeceando al ritmo de la música de su iPod. Fabi hubiera querido estar sola pero, sin esperar respuesta, Milo se sentó frente a ella. El chico saboreaba su perro caliente con queso y su chili, pero Fabi había perdido el apetito y devolvió al plato la zanahoria que había pinchado con el tenedor.

Milo notó que algo andaba mal.

—¿Te pasa algo? Qué increíble lo que le pasó a tu amigo el otro día; me recordó algunos crímenes de origen racial que hubo en Phoenix. Pero nunca había visto nada parecido, así, tan cerca.

—¿Racial? —preguntó Fabi asombrada—. ¿Quién podría querer hacerle daño a Chuy? Lo único que hace es trabajar duro y estudiar. Es quien mantiene a su familia en México.

—Donde yo vivo —dijo Milo mientras comía—, el color de la piel es suficiente para recibir una golpiza.

—¿En serio? Eso no pasaría aquí.

—¿No? ¿Y por qué?

—Porque todos somos mexicanos —dijo Fabi, pasando la vista por toda la cafetería.

Cualquiera podía comprobar que tenía razón. El ochenta por ciento de la escuela era de origen hispano, y el resto era de origen anglo o de otro grupo. A pesar del comentario de

Milo, Fabi se negaba a creer que Chuy hubiera sido víctima de un crimen racial.

Por supuesto que ella sabía de la actitud antiinmigrante y antimexicana que existía en todo el país, había visto las noticias en la televisión; pero esas cosas nunca pasaban en el Valle.

—Fabi, necesito pedirte un favor.

Milo interrumpió sus pensamientos. Hizo una pausa y Fabi asintió para que continuara, pero el chico calló avergonzado.

—¿Qué favor? —preguntó ella, inclinándose para escucharlo mejor.

—Bueno, me da un poco de vergüenza—. Se mordió los labios nerviosamente.

—Suéltalo...

—Lo que pasa es que tengo una fiesta, y me dieron dinero para comprar algunas cosas de comer. Creía que solo querían golosinas... papas fritas y aderezo, pero aparentemente "algo de comer" tiene otro significado en el Sur de Texas. Y estaba pensando que como tu familia tiene un restaurante y eso...

—¿Sí?

—¿Me puedes enseñar a preparar una parrillada tejana antes del sábado?

Dex comenzó a llevar a Alexis a sus clases de canto semanales después de la escuela. Para Fabiola no era ningún problema, eso era preferible a que su hermana tuviera que esperar por un aventón al atardecer. Alexis quería mantener su propia personalidad en la escuela y Fabi no podía molestarse por eso, aunque extrañara pasar más tiempo con ella.

"Las cosas cambian", pensó mientras se ponía el delantal.

Los miércoles en la tarde había poco trabajo en el restaurante, solo algunos de los clientes habituales. La brigada de ancianos estaba en sus puestos, leyendo los obituarios y tomando café. Abuelita Trini le daba puré de frijoles a Baby Oops.

—¿Y tu hermana? —preguntó Magda, que llevaba un delantal que hacía juego con su vestido estampado de flores.

—En las clases de canto —respondió Fabi quitándose el pelo de la cara.

Magda se quedó mirándola.

—Su maestra acaba de llamar para decir que necesita recuperar su clase otro día.

—Verdad que sí —dijo Fabi rápidamente—. Alexis me lo comentó cuando salimos de la escuela. Fue a la biblioteca porque tenía círculo de estudio.

—¿Círculo de estudio?

Fabi asintió y se volteó a recoger algunas servilletas y cubiertos.

"¡Perfecto!", pensó. Resulta que ahora también tenía que mentir para que su hermana pudiera pasear con Dex Andrews.

Cuando ya estaba oscureciendo, Alexis entró al restaurante ocultándose detrás de un grupo de clientes. Fabiola la agarró por el brazo en cuanto la vio y la llevó al pasillo que conducía a los baños.

—Ven acá, pequeña... —Fabi tuvo que contenerse para no insultarla porque este no era el momento ni el lugar—. No sé dónde andabas, pero tu maestra de canto llamó.

—¡Ay, mi madre! —dijo Alexis dándose una palmada en la frente.

Fabi le agarró la muñeca, quitándole la mano de la cara.

—¿Qué es esto? —reclamó Fabi.

Alexis se sonrojó, pero no pudo ocultar su orgullo al enseñarle la nueva cadena de plata con una brillante letra alrededor de su cuello.

—¿Esto? ¡Oh, no es nada! Dex me lo...

—No, la cadena no, ¡eso otro que tienes en el cuello!

Fabi le señaló dos grandes marcas redondas como de mordiscos debajo de la nueva cadena.

Alexis abrió los ojos en shock.

—Ay, no —se lamentó cubriéndose la garganta con ambas manos—. ¿Y ahora qué hago?

—Debajo del lavamanos hay maquillaje —respondió Fabi exasperada. ¡Las absurdas aventuras de su hermana la estaban sacando de quicio!

Alexis corrió hacia el baño.

—Le dije a mami que tenías círculo de estudio después de clases —le advirtió Fabi.

—¡Fabiola!—. La voz grave de su padre retumbó desde la cocina.

Fabi dio una patada en el piso indignada. ¿Por qué todo el mundo tenía que llamarla para todo?

El restaurante se animó con la llegada de la cena. Mientras tomaba los pedidos, Fabi notó que Alexis discutía con su mamá y luego salía molesta del restaurante. Rezó porque su madre no hubiera descubierto su pequeña mentira. Si Alexis le hubiera dicho que no iba a las clases de canto ella hubiera buscado una excusa mejor.

"Pero además —pensó Fabi—, ¿por qué razón la estoy protegiendo?"

Todos en la familia estaban convencidos de que Alexis sería toda una revelación del canto. Le habían pagado clases de canto y música desde que ganó un concurso de canto en una feria agrícola. Y ahora estaba echándolo todo por la borda a cambio de una sesión de besos con Dex.

Al final de su turno, Fabiola comenzó a contar la propina. Su mamá se le acercó y se sentó frente a ella. Se quitó uno de los tacones de dos pulgadas y comenzó a darse un masaje en los pies hinchados.

—¿Qué haces con todo el dinero que ahorras? —preguntó—. Nunca te compras nada bonito. ¿Esa no es la blusa que te dieron gratis en el rodeo el año pasado?

—No necesito nada, mami —dijo Fabi echando el cambio en el monedero.

—¿Estás ahorrando para escaparte de nosotros, es eso? —tanteó Magda. Sus ojos revelaban un temor real detrás de la broma.

—¡Eso quisiera! Como si ustedes me fueran a dejar —respondió Fabi intentando sonar molesta—. Solo quiero ver el mundo un día —añadió mirando el raído monedero en el que guardaba todos sus sueños.

Su mamá la miró desconcertada.

—¿Nunca has querido ir a Venecia? ¿O ver los templos de Machu Picchu? —preguntó Fabi.

En lugar de responderle, Magda comenzó a jugar inquieta con las flores plásticas del centro de mesa. Fabi la observaba con el rabo del ojo fingiendo que jugaba con el cierre del monedero.

—No sé de dónde sacas esas ideas locas —dijo su madre sin levantar la vista—. Debes haberlas heredado de la familia de tu padre.

La mirada de dolor de su mamá hizo que Fabi se sintiera terrible por lo que había dicho. No podía encontrar las palabras correctas para explicar aquel deseo de escapar bien lejos. ¿Qué podía decir que no hiciera pensar a su madre que lo que quería era escapar de *ella*?

—¿Qué le pasaba a Alexis? —preguntó cambiando de tema.

Su madre parecía aliviada.

—Tu hermana está apurada por crecer. Quiere ir a una fiesta este fin de semana y le dije que *no* —dijo Magda mirando a Fabi para ver su reacción—. No me importa. Puede odiarme si le da la gana. Ella solo tiene catorce años. Tú sabes como es tu hermana. Siempre quiere salirse con la suya. Como Chuy no está necesitamos que nos ayude. Pero para Alexis todo es el *fin del mundo*.

Fabi sonrió comprensiva. Era cierto, así era Alexis.

• • •

El sábado en la noche Fabiola salió temprano del restaurante para ayudar en la fiesta de Milo. Se puso sus jeans ceñidos favoritos y una linda blusa de lentejuelas que había comprado con Georgia Rae el verano pasado pero que nunca se había estrenado. Abrió la bolsa de maquillajes que le regalaron a los doce años. La mayoría de los cosméticos estaban aún sellados. Era un regalo de las representantes de Avon y Mary Kay que había en la familia. Mientras se aplicaba un poco de delineador labial sintió mariposas en el estómago. Hacía tanto tiempo que no salía ni tenía que sentirse responsable por nadie. Sonó el teléfono: Georgia Rae estaba afuera, lista para recogerla.

Llegaron a la fiesta con la puesta del sol. El cielo estaba surcado de tibias franjas rojizas y anaranjadas. Su teléfono volvió a sonar: era el quinto mensaje de Milo desde que habían salido. ¡Estaba realmente ansioso con este negocio de la parrillada!

La elegante casa en la parte norte de la carretera estaba oculta tras una cerca de madera y frondosos fresnos. Fabi olió el humo y escuchó un estruendo. Las chicas corrieron directo de la camioneta hacia el lugar del ruido.

Pronto descubrieron el motivo del mismo. Las llamas llegaban hasta el techo de estuco del rancho de ladrillos rojos en la terraza. En medio de una nube de humo estaba Milo, tratando sin éxito de apagar el fuego con un cubo de agua.

—Sal inmediatamente de ahí —gritó Fabi haciéndole señas a Milo para que se apartara antes de que sufriera alguna quemadura.

Fabiola apagó las hornillas del quemador de gas. Sobre la parrilla había un pedazo de carne carbonizada que se volvió ceniza cuando trató de sacarlo.

Fabi miró a Milo y rompió en carcajadas al ver su expresión horrorizada.

—¿A los chicos no les enseñan como encender una parrilla en Arizona?

Milo movió la cabeza frustrado.

—No sabía en qué me estaba metiendo cuando prometí que me encargaría del abastecimiento. ¿Qué estaría pensando? Fue un gran error. Mira lo que le he hecho a la carne. La arruiné.

Fabi corrió a la cocina a buscar un delantal que se ató rápidamente a la cintura. Al regresar a la terraza le sonrió a Milo.

—Creo que mejor te dedicas a la música y me dejas la comida a mí.

Hizo una lista de los ingredientes que necesitaba para cocinar y envió a Georgia Rae a la tienda a buscarlos.

Cuando comenzaron a llegar los invitados ya Fabi estaba lista. Miraba fingiendo despreocupación como sus compañeros de escuela revisaban lo que había preparado. Ver la satisfacción en sus ojos cuando probaban sus especialidades, carne asada, salsa fresca y guacamole, la hizo sonreír con orgullo.

"No está mal —pensó—, para haberlo hecho todo a último momento".

También había preparado algunos *shish kebabs* o brochetas de vegetales que fueron la sensación de la noche.

Milo saltaba mientras movía los discos. Sus dedos expertos mezclaban ritmos de música mexicana, pop y rap como un chef revolviendo una cazuela.

Todos parecían divertirse comiendo, bailando y bebiendo. Fabi se mantenía alejada de los tomadores. No le gustaba perder el control y también pensaba que los chicos ebrios podrían propasarse. Después de mucha insistencia se tomó un poco de sangría que alguien le trajo. No le gustó el sabor, pero bebió otro poco tratando de relajarse y divertirse como el resto. Después de todo, Georgia Rae era el chofer designado.

Estuvieron divirtiéndose hasta bien entrada la noche mientras la luz de la luna cubría los fresnos y robles del patio. Los invitados entraban y salían de la casa por una puerta corrediza de vidrio. Milo saltaba dentro de la estación del DJ y le hacía muecas. Fabi no podía parar de reír. Se sentía un poco mareada y seguía tropezando con la gente mientras bailaba. Tenía que ir con urgencia al baño.

—Perdón —se disculpó al chocar accidentalmente con un grupo de chicas que bailaban juntas en círculo.

—Mira por donde caminas, gorda —soltó Melodee empujándola.

"Este pueblo es demasiado pequeño", pensó Fabi suspirando.

Continuó rumbo al baño como si no hubiera escuchado el comentario. ¿Alguna vez se podría quitar de encima a gente como Melodee Stanton?

Fabi logró abrirse paso a través de la multitud. Esperaba que el baño estuviera cerca. Llegó al pasillo y vio que a ambos lados había varias puertas cerradas, algunas de ellas con el pestillo echado. Al final encontró la puerta del baño. En cuanto la abrió, un vapor caliente y denso comenzó a sofocarla. Estaba tan cargado el ambiente que tuvo que abrir la ventana y, parada sobre el inodoro, sacó la cabeza para respirar aire fresco. Pero lo que respiró fue humo de marihuana. Entró la cabeza de una vez y comenzó a toser. Estaba a punto de cerrar la ventana cuando escuchó una voz ascendiendo con el humo.

—*Bro*, te lo aseguro... fue muy fácil. Esa gente se asusta... prácticamente te dan el dinero...

Claro, yo les doy unas cuantas sacudidas... Nada demasiado fuerte, solo para divertirme un poco... Nah, no hay de qué preocuparse. No pueden denunciarnos. Si lo hacen los deportan, esa es la mejor parte. Son como cajeros automáticos andantes, socio. Cajeros automáticos andantes.

Fabi sintió que recuperaba la sobriedad de un golpe. Había reconocido la voz fanfarrona de Dex. Tuvo que controlarse para no volver a mirar por la ventana. ¿Con quién estaría hablando? ¿Quién más estaría en esto? Seguramente hablaba de inmigrantes ilegales. ¿Sería Dex el responsable de lo que le había sucedido a Chuy?

Alguien golpeó con fuerza la puerta. Fabi saltó temerosa de que la hubieran atrapado espiando, pero no tenía donde ocultarse. Volvieron a tocar. Estaba atrapada. Lentamente descargó el inodoro y abrió. Por suerte era una chica que necesitaba vomitar.

Al regresar a la sala encontró a Georgia Rae bailando con un chico del equipo de debate. Fabi la agarró por la mano.

—Tenemos que irnos.

—¿Ahora? —Georgia Rae la miró consternada—. Pensé que te estabas divirtiendo.

Justo en ese momento, Dex entraba por la puerta principal con otros dos chicos. Fabi sintió sus ojos sobre ella. ¡La había descubierto! Buscó desesperada otra salida. De repente, una chica dio uno de esos chillidos agudos y eufóricos de borracho. Era Melodee, que corría hacia Dex como una bebita que ve a su padre regresar del trabajo. Dex se escondió detrás de uno de sus amigos y la chica terminó aterrizando sobre un sofá encima de una pareja que estaba abrazándose. Algunos comenzaron a burlarse de Melodee.

—Por favor —rogó Fabi agarrándole la mano a Georgia Rae—. Si no me das un aventón, tendré que buscar a otra persona.

—Está bien —resopló Georgia Rae molesta mientras se secaba el sudor de la frente.

La chica se despidió de un par de amigos en lo que Fabi iba a recoger su bolso a la estación de DJ de Milo.

Fabi guió a Georgia Rae hasta una puerta lateral de cristal. El corazón le latía a toda máquina. Dex venía nuevamente caminando hacia ella. Por fortuna, la masa de cuerpos danzantes no lo dejaba avanzar.

Justo cuando estaba a punto de salir de la casa, la puerta corrediza se abrió frente a Fabi y entró Alexis. Fabi se quedó petrificada. Miró hacia atrás y vio a Dex haciéndole señas a Alexis. Dex no venía tras ella. Venía por Alexis, que ni siquiera tenía permiso para salir esa noche.

—¿Qué haces aquí? —gritó Fabi sin poder contenerse.

Alexis la miró desafiante.

—¿Qué crees? Vine a la fiesta —dijo, y comenzó a moverse al ritmo de la música mirando impaciente alrededor de la habitación.

Fabi movió la cabeza en señal de reproche.

—Mami dijo que no tenías permiso para venir.

—Déjame en paz, Fabiola —protestó Alexis retorciendo los ojos—. ¿Por qué siempre tratas de arruinarlo todo? Tú no eres mi madre.

—¿Tu *madre*? —gritó Fabi, que estaba furiosa y no podía controlarse.

Empujó a Alexis hacia la puerta con rudeza. Alexis empezó a gritar, Fabi la siguió y empezó a arrastrarla fuera de la casa.

—Ay, deja de empujarme.

Alexis intentó luchar con su hermana lanzándole fuertes manotazos. Pero todos aquellos años levantando pesadas bandejas le habían dado a Fabi unos brazos fuertes. Alexis no podía con ella. Fabi se la llevó medio arrastrada, medio a empujones hasta la calle.

—¡Te odio! —gritó Alexis entre sollozos—. Eres una abusadora. Nunca me dejas hacer nada. ¡No es justo! Quisiera que no fueras mi hermana. Quisiera no *tener* hermana.

Fabi estaba atónita. Empujó a Alexis dentro de la camioneta de Georgia Rae y saltó junto a ella sofocada mientras su hermana forcejeaba y su mejor amiga encendía el motor.

La tensión dentro del auto era insoportable, pero Fabi no podía romper el silencio. Quería contarles a su hermana y a Geogia Rae todo lo que había escuchado, pero no sabía cómo empezar. Y encima de todo, ¡no podía creer lo malcriada que era Alexis!

Georgia Rae condujo en silencio. La noche parecía desolada.

—¿Cómo llegaste hasta aquí? —preguntó finalmente Fabi.

Alexis miraba fijamente por el cristal del parabrisas irritada.

—¡Alexis, dime! —dijo Fabi.

—Me escapé. ¿Por qué? —gritó Alexis cruzándose de brazos—. Me escapé.

Su mamá tenía razón. Alexis era capaz de *cualquier* cosa para lograr lo que quería.

capítulo 7

Georgia Rae estacionó su camioneta frente al viejo bungaló blanco de la familia Garza. La pintura estaba descascarándose de las planchas de madera como si la casa estuviera mudando la piel. Leonardo había prometido pintarla, pero nunca tenía tiempo. Tan pronto como la camioneta se detuvo, Alexis pasó por encima de Fabi y salió lanzando un portazo en su cara.

—¡Alexis, tenemos que hablar! —gritó Fabi dejando la puerta de la camioneta abierta y corriendo tras su hermana.

—¡No tengo nada que hablar contigo!

Alexis tiró el portón del patio. El ruido metálico que produjo el cierre fue tal que, dentro de la casa, su hermano pequeño comenzó a llorar. Un haz de luz se encendió detrás de las cortinas. Fabiola apretó los ojos frustrada.

—¿Por lo menos puedes dejar de hacer ruidos? —dijo Fabi entre dientes—. La gente está tratando de dormir.

—Cállate. Ve a clases. Habla con esta gente. No hables con aquellos —dijo Alexis imitando su voz—. Estoy cansada de que siempre me estés dando órdenes. Diciéndome de quién puedo ser amiga y de quién no. Eres tremenda hipócrita. ¡Piensas que eres mejor que el resto y luego te vas de fiesta con esa misma gente y me dices a mí que no puedo ir!

—*Alexis.*

La luz del portal se encendió iluminando a las dos hermanas paradas una frente a la otra.

—No, Fabi. No me puedes seguir diciendo qué hacer. Ya no soy una niñita.

—Lo sé.

—¿De veras? ¿En serio? Mírame.

Alexis parecía más alta con su blusa ceñida y sus jeans pintados a mano.

—Ya soy casi una mujer y puedo tomar mis propias decisiones —dijo mirando a su hermana fijamente a los ojos—. No soy como tú. Lo siento si a ti te disgusta la escuela. De veras que sí. Pero no quiero ser como tú. Quiero ser yo misma. ¿Por qué no puedes entenderlo?

Sus palabras sonaron como bofetadas. Fabiola quería encogerse como un bebé y llorar, pero en ese momento se abrió la puerta y salió su papá en calzones y con una camiseta desteñida de los Spurs. Tenía el ceño fruncido en actitud amenazadora. Por detrás se escuchaba a su pequeño hermano lloriquear mientras su mamá lo mecía intentando dormirlo.

—¿Qué significa todo esto? —dijo Leonardo.

—¡No quiero hablar de esto! Te odio. Los odio a todos —dijo Alexis pasándole por el lado a su padre sin mirarlo.

Caminó como una tromba por el pasillo y dio un portazo al entrar en su cuarto.

Leonardo se volvió hacia Fabi buscando una explicación. Cruzó los brazos sobre el pecho. A Fabi la intimidaba su mirada acusadora. No tenía coraje para decepcionar a su familia.

—No es lo que tú piensas.

—Entonces, ¿qué sucede?

Fabi hizo una pausa y se pasó la lengua por los labios. Sentía que la sed le asaba la garganta.

—La tuve que traer para la casa.

—¿Y qué estaba haciendo tu hermana afuera? Tú sabes que no tiene permiso para salir.

—No sé. También me sorprendió verla aparecer en la fiesta.

—Fabiola —dijo su padre suspirando, y ella pudo sentir la decepción en su voz—, tú eres responsable por tu hermana y lo sabes. Tu mamá y yo no podemos con todo. Ya es bastante difícil encargarnos del restaurante, sobre todo después de que nació tu hermano... Hay mucha gente que depende de nosotros.

—Lo sé.

—Pues no lo parece —dijo Leonardo olfateando—. ¿Has estado bebiendo?

—No, te juro que no. Solo un sorbito.

—No me digas mentiras.

Los ojos de Leonardo echaban chispas del enojo.

—¡Eso estoy tratando! —dijo Fabi.

—¡Entonces para de hablar! No puedo ni siquiera confiar en ti para que cuides a tu hermana. Puedes olvidarte del viaje a Nueva York con tu tía.

—Pero, papi, ese es mi regalo de quince —le dijo tratando de acercarse, pero él la rechazó—. Tú no entiendes. No tengo nada que ver con lo que Alexis... —dijo intentando explicarle de nuevo.

Leonardo levantó su mano callosa de manera amenazante y Fabi se cubrió por instinto. Su padre se contuvo. Él nunca le pegaría, pero el gesto los asustó a ambos.

Después de un momento, Leonardo miró su reloj.

—Cámbiate —dijo maldiciendo.

Al principio, Fabi pensó que quería decir que se pusiera su pijama.

—Ponte unos jeans viejos y una camiseta. Nos vamos —dijo Leonardo un segundo después.

—Pero papi, son casi las dos y media de la madrugada.

—Exacto —respondió Leonardo caminando hacia el baño—. Si yo no puedo regresar a la cama, tú tampoco. Vas a ayudarme a fregar el restaurante de arriba abajo.

A la mañana siguiente, Fabiola estaba a punto de desmayarse sobre el mostrador. Le dolía todo el cuerpo de restregar el piso de rodillas. El restaurante estaba listo para recibir una inspección del Departamento de Salud de Texas. Hacía un par de años les habían puesto una multa severa y estuvieron a punto de perderlo por usar la carne de chivo de la granja de su tío que no estaba certificada por el Departamento de Alimentación de los Estados

Unidos. Así que su padre no estaba dispuesto a arriesgarse ni a la más mínima infracción.

Encima de todo, Santiago no paraba de molestarla con lo de su mercancía. Llegó tan pronto abrieron y ya Fabi no sabía qué hacer para lidiar con su insistencia, por lo que finalmente le dio las llaves. Se metió en la boca un puñado de chicles y se tomó un buche de gaseosa con la esperanza de que todo ese azúcar la mantuviera despierta.

—Mi niña, te vas a quedar dormida de pie —dijo abuelita Trini—. Descansa un poco. Ven, siéntate aquí.

Fabiola se sentó a la mesa con su abuela y saludó a las personas que estaban alrededor: el oficial Bobby Sánchez, un primo lejano con marcas de varicela en la cara; Cynthia Perales, la bibliotecaria de la escuela; y el concejal Rey García III, que tenía un segundo trabajo como vendedor de seguros. Trini los estaba poniendo al día con los detalles del atraco. Había pasado una semana pero todavía era tema de conversación.

—Llevo años diciéndole a Leonardo que instale cámaras de seguridad —dijo el concejal mordiendo la esquina de una tortilla enrollada.

—Pero es que nunca antes había sucedido algo así —le recordó Cynthia limpiándose la comisura de los labios con una servilleta—. Dos Ríos está cambiando. Hay muchas caras nuevas. Las familias emigran como las palomas. Apenas podemos con tantos alumnos nuevos.

—Bueno, así es como empieza todo —susurró Trini inclinándose.

Fabi se sentía avergonzada por el escote profundo de la blusa de su abuela y esperaba que no se le fueran a salir los pechos, como ya había sucedido en una ocasión.

—Los cárteles desvalijan a los pobres mojaditos y los obligan a aceptar sus ofertas. Así es como se ven arrastrados a la vida de las pandillas —añadió abuelita Trini.

El oficial Sánchez, que había estado en silencio durante toda la conversación, se aclaró la garganta. Era un hombre de pocas palabras, pero cuando hablaba todos lo escuchaban.

—Esto no es cosa de los cárteles —dijo mientras se limpiaba las migas de su uniforme como al descuido—. Es muy poco tiempo. Suena como que algunos *huercos* se están divirtiendo —añadió.

—Fue Dex Andrews —soltó Fabi sin poder contenerse.

Todos se volvieron hacia ella. La expresión de sorpresa inicial se transformó en incredulidad y pronto todos rompieron a reír a carcajadas, ruidosamente. Su abuela Trini era la que más alto reía palmoteando al mismo tiempo sobre la mesa.

—Fabiola —dijo su abuela entre risas tratando de recuperar el control—. Tu hermana me dijo que estabas celosa, pero esto es demasiado.

Fabiola sintió que se le enrojecía la cara.

—No estoy celosa —balbuceó sintiéndose ridícula.

—Fabi —dijo la bibliotecaria mirándola por encima de sus gafas—, cuando uno no puede decir nada agradable es mejor no decir nada.

—La acusación que acabas de hacer es muy seria —dijo el oficial Sánchez limpiando su plato con un pedazo de tortilla—. Yo en tu lugar no andaría diciendo esas cosas por ahí sin prueba.

El concejal García le hizo un gesto para que se relajara:

—Oye, Bobby, ¿no recuerdas cuando eras un adolescente? Sé que ha pasado mucho tiempo pero haz un esfuerzo. Seguro que Fabiola estaba bromeando. Es muy duro ser la mayor. Lo digo por experiencia, soy el mayor de diez hermanos. Tienes todas las responsabilidades sin ninguna diversión —dijo guiñándole un ojo a Fabiola—. Estoy seguro de que ella no quería acusar a Dex Andrews de nada, ¿verdad, Fabiola?

Fabiola quería golpearlo. De hecho quería golpearlos a los tres. Al parecer Dex Andrews era intocable. Era una estrella de fútbol y su familia era dueña del negocio de Amway en el pueblo, donde toda la gente compraba la comida de sus animales y los productos para el hogar. Más importante aun, su abuelo era juez.

—¿Ustedes vieron la recepción que hizo en

el cuarto tiempo? —dijo admirado el concejal—. Andrews es el jugador más rápido de todo el Valle. Se aparece en la línea de la quinta yarda como si nada. Después no digan que no se lo dije: ese chico va a ser jugador profesional.

La conversación cambió, y se habló de fútbol escolar y luego de la política en el Valle. Fabiola no aguantó más y se escurrió sin que lo notaran.

El lunes Fabiola trató sin éxito de hablar con su hermana en la escuela. Quería alertarla sobre Dex, sobre lo que había escuchado en la fiesta. Pero Alexis no le dirigía la palabra. La habían castigado por un mes sin salir y culpaba de todo a Fabi, como si ella la hubiera obligado a escaparse y desobedecer a sus padres. Ahora Alexis la ignoraba en los pasillos usando a Dex y a sus nuevos amigos como un escudo.

"Se necesitan dos para bailar tango", pensó Fabi caminando hacia la biblioteca a la hora del almuerzo. En parte sentía alivio de no tener que cubrir más las mentiras de su hermana.

De todas formas, Fabiola se preguntaba si su hermana no tendría razón. ¿Estaría ella reaccionando exageradamente? Quizás entendió mal lo que dijo Dex. Solo había escuchado parte de la conversación. Y quizás *estaba* celosa. Alexis no necesitaba ayuda para hacer amigos y ser popular. Podía lograr todo eso por sí misma. Quizás era ella la que necesitaba ayuda.

Fabiola observó a su hermana al otro lado del salón de la cafetería. Alexis estaba cambiando, y no se refería a su nuevo peinado o al intenso maquillaje: el mundo que ella conocía estaba cambiando a su alrededor y no había nada que pudiera hacer para detenerlo.

Varios días después, una llamada en medio de la noche sacó a Fabi de sus intranquilos sueños. Era Chuy. Jadeaba pesadamente y hablaba rápido, tan rápido que ni siquiera trataba de hablar inglés. Le tomó un rato entender lo que le estaba diciendo. Le rogaba que viniera al restaurante en ese mismo instante y que no le dijera nada a sus padres. Fabi se puso un par de jeans y una camiseta que había dejado tirados en el piso y saltó por la ventana de su habitación.

Corrió calle abajo, con sus chanclas golpeando ruidosamente el concreto de la acera. No había ni un alma a esa hora de la noche. La luz amarillenta y opaca del alumbrado público creaba más sombras que las que ella recordaba. Sombras donde los asaltantes y violadores podían estar agazapados. Apretó el paso atenta a cualquier ruido amenazante. Las luces del restaurante brillaban hasta encandilar en la solitaria calle. Fabi se sintió aliviada.

Finalmente empujó la puerta y oyó el reconfortante sonido de la campana. Pero lo que se encontró adentro fue más que perturbador. Tanto, que sintió deseos de gritar.

Las mesas estaban patas arriba. Las sillas estaban dispersas por dondequiera. Los delicados adornos florales de su madre, tirados por todo el piso. ¿Habrían asaltado el restaurante? Había un hombre acostado en el piso y otros sobre él. Fabi agarró lo primero que encontró a mano para protegerse.

—Fabiola —dijo alguien.

Fabi comenzó a lanzar fuertes escobazos hacia todas partes. Chuy vino por detrás y le arrebató la escoba de las manos. Parecía como si hubiera estado peleando, con el pelo despeinado y la camisa rota.

Recuperando el aliento, Fabi miró a su alrededor. ¿Qué pasó aquí? El hombre seguía en el suelo y ahora pudo ver que estaba atado con manteles de mesa y amordazado con una servilleta de tela. Echados sobre él estaban otros que ella había visto con Chuy algunas veces.

"Amigos suyos", pensó.

Chuy caminaba nervioso de un lado a otro.

—Sabía que regresaría —dijo en un español atropellado—. Sabía que era cuestión de tiempo y que tus padres no me creerían. Tenía que atraparlo yo mismo. Atraparlo en el acto.

—¿Atrapar a quién? ¿Al tipo que te atracó?

Chuy asintió e hizo un gesto señalando al prisionero. El rostro lucía familiar a pesar de tener un ojo hinchado. El corazón de Fabiola se aceleró al reconocerlo. ¡No podía ser! Corrió hacia el prisionero que forcejeaba por zafarse.

Era Santiago.

—Santiago, ¡Dios mío! ¿Qué está pasando? —dijo, y le quitó la mordaza.

Una cadena de maldiciones y palabrotas brotó de la boca de su primo. Se retorcía y daba saltos como un pez fuera del agua, tratando de liberarse.

—Sabía que nadie me creería —explicó Chuy—. Por eso les pedí a mis amigos que se mantuvieran vigilando el lugar.

Su primo había recibido una fuerte golpiza. A Fabi se le aguaron los ojos. Aún no podía creer que hubiera sido Santiago.

—Fabi —dijo Santiago desesperado—, no le creas a esa rata. Está mintiendo. Yo no hice nada.

—¡Mentiroso! —gritó Chuy.

—Fabi, Fabi, tienes que creerme. Yo no lo hice —rogaba Santiago—. Vine a recoger mis cosas. ¿Recuerdas lo que me ayudaste a esconder? Me entró hambre y como tenía tus llaves...

De repente, la campana de entrada sonó otra vez dejando entrar una brisa fría. Fabi se volvió a mirar y se quedó sin respiración. Su padre, su madre y Alexis con su hermanito en brazos estaban en la puerta. El bebé comenzó a llorar como sintiendo la tensión en el ambiente. Detrás de ellos, Fabi alcanzó a ver las intermitentes luces azules y rojas de la policía.

capítulo 8

Fabi se sobrecogió al escuchar el metálico clic de las esposas cerrándose en las muñecas de Santiago. Volteó la cabeza, negándose a creer lo que estaba viendo.

—No puedes dejar que le hagan eso, papi. ¿Papi?

La familia miraba desde lejos mientras el oficial Sánchez empujaba a Santiago para que entrara en la patrulla. Parecía un sueño. Fabi se preguntó si sería una pesadilla. A su lado estaba su mamá, pálida como un fantasma.

—Tengo que llamar a Consuelo —mascullaba

Magda sorprendida. Había salido como estaba, en bata de noche y pantuflas.

—¿Qué pasó, Fabi? —preguntó Alexis abrazando al bebé contra su pecho. Con el pánico había olvidado que no le hablaba a su hermana.

—En realidad no sé. Chuy me llamó y me dijo que viniera. Creo que estaban tratando de atrapar a cualquiera que se apareciera y agarraron a Santiago.

Chuy les hizo una seña para que se sentaran a la mesa y les trajo café.

Leonardo se dejó caer sobre una silla. Se pasó sus dedos gruesos por el pelo. Parecía desolado.

—No entiendo. ¿Qué podía estar haciendo Santiago aquí en medio de la noche? Y ustedes, ¿qué hacían aquí? —dijo dirigiéndose a los amigos de Chuy—. ¿Cómo fue que él entró?

Fabi se retorció nerviosa. Su padre lo advirtió y se quedó mirándola esperando una respuesta. Pensó mentir, pero Santiago ya estaba metido en bastantes problemas.

—Le di mis llaves.

—¿Que le diste qué? —gritó su padre saltando de su asiento mientras la silla volaba y se estrellaba en el suelo.

—Papi, es Santiago. *Nuestro* Santiago. Estaba guardando algunas cosas en el cobertizo y venía a recogerlas.

Chuy los interrumpió:

—Yo no sé nada de eso. Vi la luz de una linterna, escuché risas y el sonido de algo que se rompió.

—¡Ese muchacho ha ido demasiado lejos! Siempre lo he defendido —dijo Leonardo golpeando la mesa con el puño y haciendo que las tasas repiquetearan—. El pobre ha tenido una infancia dura, pero esto, *esto* es demasiado. Mi sobrino necesita aprender que todas las acciones tienen consecuencias.

—¿De qué están hablando ustedes? —preguntó Fabi alarmada. A juzgar por las expresiones todos pensaban que Santiago era quien había atacado a Chuy—. Esto no tiene ningún sentido. Si Santiago hubiera querido

cometer un atraco, ¿para qué iba a venir al restaurante cuando no había nadie?

Se dio vuelta para mirar a Chuy, que le
devolvió la mirada confuso.

—Fuiste atacado en la puerta de la entrada,
no adentro, ¿no es cierto?

—¿Y qué con eso? —preguntó su padre cruzándose de brazos.

—Bueno, estamos buscando asaltantes, no
ladrones.

—¿Y es que hay alguna diferencia?

—Sé que todos piensan que Santiago es
culpable. Y estoy segura de que los rines que
guardó en el cobertizo son robados —dijo
señalando hacia el patio.

—¿Rines? —gruñó bajito su padre.

—Santiago puede ser muchas cosas, pero
yo no puedo creer que te haya dado una
paliza, Chuy.

Fabi estiró la mano hacia Chuy, pero este se
alejó de ella.

El cocinero la miró con una expresión
gélida.

—Sabía que tus padres no me creerían a menos que Santiago fuera atrapado y pudieran verlo con sus propios ojos. Pero tú, Fabiola, pensaba que eras diferente —dijo Chuy en español. Se levantó y recogió la mesa.

—Chuy —llamó Fabi.

Pero él ya no volvió a mirarla, recogió sus cosas y se fue a casa.

Fabi tuvo que esperar hasta las nueve de la mañana para visitar a Santiago. La policía lo creía culpable. Lo acusaban de allanamiento de morada, daños a la propiedad privada y de aceptar bienes robados. Además, le habían presentado cargos por agredir a varios trabajadores migratorios indocumentados que habían ido a parar al hospital por graves palizas, todo esto basado en la declaración de Chuy.

"Nadie había puesto reparos en culpar rápidamente a Santiago", pensó Fabi mientras Delia Zavala, la secretaria de la comisaría, la dejaba entrar en la pequeña habitación sin ventanas. Abuelita Trini y abuelita Alfa también estaban allí, cada una vestida para la ocasión, de negro.

Cuando trajeron a Santiago, estaba irreconocible: la cara negra y azul y un ojo cerrado por la inflamación. Tenía rasguños en la frente y las mejillas. Se veía horrible, y Fabi sintió náuseas.

—Ay, mi niño —gritó abuelita Trini corriendo hacia él. Santiago hizo una mueca de dolor cuando lo tocó—. ¿Te ha visto algún médico? Delia —gritó—. Mejor que llamen a un médico pronto. Si mi nieto coge una infección el departamento de policía será responsable.

Sacó algo de su bolso para limpiarle la cara y lo mojó con la lengua primero. Santiago retrocedió cuando vio que lo que tenía en la mano era una almohadilla sanitaria.

—No me irás a pasar eso por la cara —dijo.

—Ay, ni que estuviera usada —respondió abuelita Trini molesta.

Abuelita Alfa le sujetó las manos buscando alguna marca en ellas.

—¿Has vendido tu alma? —lo reprendió severa.

—¿Qué? —preguntó Santiago azorado.

—¡No me mientas! ¿Le vendiste tu alma al diablo? Tengo que saberlo para la limpieza espiritual que te voy a hacer. Necesitas una *limpia*.

A Santiago se le escapó una sonrisita.

—Con esto no se juega —lo reprimió abuelita Alfa descompuesta.

Las dos mujeres se miraron con silenciosa complicidad. Entonces, abuelita Alfa abrió su bolso, sacó una botella de agua bendita y un buqué de ramas de romero que Fabi sabía había recogido esa misma mañana del frondoso arbusto que tenía frente a su casa.

—En el nombre del Padre... —rezó en voz alta, lanzándole el agua bendita en la cara con una mano y barriendo los malos espíritus con el romero que tenía en la otra.

Santiago se reía a carcajadas. Abuelita Alfa lo azotaba fuerte en la cabeza con las ramas de romero maldiciendo lo inútil, problemático y estúpido que era este muchacho.

Fabiola esperó hasta que Alfa terminó su exorcismo. Cuando su abuela se desplomó sobre la silla, Trini corrió a buscarle un poco de agua. Santiago sonreía, disfrutando toda la atención que estaba recibiendo.

—Santiago, tú sabes en el grandísimo problema en que estás metido, ¿no? —preguntó Fabi molesta por su actitud.

—¿Problema? —la miró confundido—. Las acusaciones de Chuy son totalmente falsas. Ojalá hubiera asaltado a ese idiota. El muy rata me sorprendió desprevenido.

Santiago lanzó unos golpes al aire para demostrarle que no le tenía ningún miedo.

—Que sea lo que sea —dijo encogiéndose de hombros—. A la hora del almuerzo ya estaré fuera.

—Santiago —dijo Fabi muy seria—. La policía quiere juzgarte por varios asaltos que han sucedido en el pueblo.

—¿Eh?

—Y Delia Zavala —añadió Fabi señalando a la secretaria— escuchó que quieren juzgarte como si fueras un adulto.

—¿Cómo? —dijo Santiago. Finalmente

comenzaba a entender la gravedad de su situación—. ¿Dónde está tu papá? Él no puede creer que yo...

—Santiago —dijo Fabi tratando de mantener la calma. No quería que se diera cuenta de lo preocupada que estaba realmente—. Voy a encontrar la manera de limpiar tu nombre.

—Se terminó la visita.

La voz del oficial Sánchez resonó a sus espaldas. El hombre estaba recostado contra la pared. Había entrado tan silencioso en la habitación que ella ni siquiera se había percatado de su presencia.

Abuelita Trini empujó a Fabi a un lado con sus grandes caderas.

—*Baby*, tengo una ganzúa en mi pelo —le susurró a Santiago sin apenas mover los labios. Le hizo una seña con el ojo izquierdo mientras movía la voluminosa masa de rizos negros recogidos hacia arriba—. Alfa distraerá al oficial Sánchez y nosotros...

—Abuela —la regañó Fabi.

—Así se escapó mi tercer esposo, Timoteo. Tú lo recuerdas Alfa, ¿no es cierto?

El oficial Sánchez apareció por detrás de ellas.

—Bueno, señoras, les voy a tener que pedir que se vayan —dijo señalándoles la puerta.

Fabi no se movió del lugar.

—Pero, oficial Sánchez, esto es un error. Santiago ha sido falsamente acusado. Usted tiene que detener esto. Él no ha hecho nada.

—Esa decisión no depende de mí.

—¡Pero yo le dije el otro día quién fue! —continuó Fabi—. Lo escuché decirlo en una fiesta. Estaba alardeando de eso, alardeando ante sus amigos. Fueron Dex Andrews y sus matones. ¡Se lo aseguro! Vaya a preguntarle dónde estaba a la hora del asalto. Estoy segura de que no tiene coartada. Solo le pido que investigue. *Please.*

El oficial Sánchez miraba a Fabi sin cambiar de expresión. Era imposible decir si estaba dormido o la escuchaba detrás de sus gafas oscuras de aviador.

—¿Quién es el juez de su caso? —preguntó abuelita Alfa.

—Creo que el juez Andrews. Dexter Andrews II —respondió el oficial con ironía.

Los chismes jugosos se propagan como un incendio por el Valle. Al día siguiente todos en la escuela ya sabían que Santiago estaba detenido y que Fabi había acusado a Dex Andrews del atraco. Los estudiantes que la conocían desde la escuela primaria la evitaban como si tuviera una enfermedad contagiosa. Otros al pasar por su lado la insultaban entre dientes llamándola "mentirosa" y "vaca gorda". Fabi se tragaba las provocaciones y el dolor. ¡Ella no iba a dejar que la vieran llorar!

—Oye, Fatty —una voz masculina la llamaba desde el pasillo.

Fabi bajó la cabeza y apuró el paso para escapar de su torturador.

—Fatty, estoy hablando contigo —repitió Dex con desprecio, alcanzándola fácilmente.

La agarró por el brazo con rudeza. Fabi

tragó en seco mientras él la zarandeaba como una muñeca de trapo, estrellándola contra los casilleros. El ruido de las conversaciones creció como un zumbido por todo el pasillo, pero Fabi solo escuchaba los latidos acelerados de su corazón resonándole en la cabeza.

—Para, por favor —murmuró Fabi sin poder contener las lágrimas.

Dex rió burlón. No había ningún lugar a donde escapar, nada que Fabi pudiera hacer.

—Oye, ¿qué estás haciendo? —dijo Milo por detrás de Dex.

Fabi pudo escuchar un forcejeo como si Milo estuviese peleando con alguien.

Dex se dio la vuelta, sonriendo complacido al ver que algunos atletas sujetaban a Milo. Se inclinó lentamente hasta acercar su cara a la de Fabi. Estaban tan cerca que se tocaron las narices.

—Tú tienes una lengua muy larga, ¿sabes? —le susurró de manera tal que solo ella lo oyera—. Mejor ten cuidado no vayas a terminar como tu amigo el fregador de platos.

Sonrió con arrogancia y, al separarse, ella pudo ver la satisfacción en sus ojos.

—¿Fabi? ¡Dex! ¡Apártate de ella, idiota!

Esta vez era Alexis. Fabi escuchó el tono autoritario de la voz de su hermanita.

—¿Y aquí qué sucede? —preguntó el subdirector Castillo acercándose.

Dex comenzó a reír, alejándose de los casilleros y alzando los brazos en actitud inocente.

—Nada, señor. Conversando con mi novia. ¿No es así, Fabi?

El Sr. Castillo esperaba una respuesta.

Fabi se quedó detallando a Dex por un momento. Quería responder pero tenía la boca entumecida del miedo.

El Sr. Castillo frunció el ceño mirando a la multitud de alumnos que los rodeaban.

—Guarden todos los celulares. ¡Esto no es un show! —gritó—. ¡Todos para sus salones ahora mismo!

Fabi escuchó el ruido de los estudiantes que se alejaban pero no pudo alzar la vista.

Sentía sobre ella todo el peso de la humillación. ¿Por qué no había dicho ni una palabra?

—Vamos —escuchó que Alexis le decía a Dex, llevándoselo.

Los otros futbolistas empujaron a Milo a un lado antes de irse detrás de Dex.

Milo se quedó en silencio junto a ella por un momento. Luego trató de ponerle la mano en el hombro, pero al sentir el contacto Fabi se estremeció.

—Lo siento. Solo quería ver si estabas bien.

—Ella está bien —dijo el Sr. Castillo—. Es una chica fuerte.

Finalmente, Fabi alzó la vista e inmediatamente se lamentó de haberlo hecho. Todos en el pasillo la miraban fijamente. La tensión que se respiraba en el ambiente era exasperante, como en uno de esos sueños locos en los que descubres que estás desnuda frente a todos, solo que esto no era un sueño. Los que ella creía que eran sus amigos miraban hacia otra parte o todavía peor, tomaban fotos para subirlas a Internet. Melodee Stanton estaba a unos pasos de ella, lista para saltar a la menor provocación. Fabi se mordió el labio inferior y corrió hacia el otro lado del pasillo. No iba a poderles mirar la cara a ninguno de ellos nunca más.

capítulo 9

Fabiola no fue a la escuela al día siguiente. Le dijo a sus padres que no se sentía bien y que no podía levantarse de la cama. Con todo lo que estaba pasando con Santiago, Magda y Leonardo decidieron dejarla tranquila. Cuando Dex Andrews llegó a su casa a recoger a Alexis, a Fabi se le retorció el estómago de la ansiedad. No entendía cómo su hermana podía escogerlo a él por encima de ella. ¡Sobre todo después de lo que le había hecho en la escuela! Santiago probablemente iría a la cárcel y Dex seguiría golpeando inmigrantes. No era justo. Quería agarrarlo y hacerlo pedazos.

Alrededor de la hora del almuerzo, Milo y Georgia le hicieron una visita sorpresiva. Trajeron pizza y un pote de helado de menta y chips de chocolate.

—Chicos, ¿qué están haciendo aquí?

Fabi trató de sonar molesta, pero estaba muy agradecida.

—Milo me contó lo que sucedió ayer —respondió Georgia Rae dándole un cariñoso abrazo al entrar—. ¡Abusadores!

—Y cuando no apareciste hoy en la escuela llamé a Georgia Rae y decidimos venir a ver como estabas —añadió Milo con las manos en los bolsillos.

El chico frotaba la suela de sus tenis sobre el piso de la sala. Fabiola se sintió tan emocionada que se le aguaron los ojos.

—Gracias —dijo abrazándolos—. ¡Ustedes son increíbles! Sentémonos a comernos la pizza.

Todos se hundieron en el mullido sofá y durante un rato engulleron en silencio.

—He pensando cambiarme de escuela. ¿Ustedes creen que sea muy tarde? —preguntó

Fabi quitando los champiñones de su pizza y alcanzándoselos a Georgia Rae.

Milo agarró un champiñón de la pila que Georgia Rae tenía junto a su plato. Ella intentó darle un manotazo, pero él se lo echó rápido a la boca.

—No puedes cambiarte de escuela —dijo Milo tragando—. Y menos ahora.

—¿Qué quieres decir? Por supuesto que puedo. Dex se salió con la suya. Santiago irá a la cárcel. Mi hermana me odia. Todos en la escuela me tratan como una apestada. ¿Por qué tendría que quedarme?

—¡*Yeah!* —gritó Georgia Rae entusiasmada con la idea—. Sería magnífico. Nos divertiríamos muchísimo. Ven conmigo y olvídate de este pueblo, Fabi. ¡Puedes venir a la secundaria de McAllen conmigo! Podemos compartir mi habitación. Estoy segura de que mi mamá estará de acuerdo si le explico lo que sucedió.

Fabiola se imaginaba viviendo en McAllen con Georgia Rae. Las dos eran como hermanas.

Pero entonces pensó en sus padres. ¿Quién se aseguraría de que su padre no se volara ningún almuerzo? ¿Quién ayudaría a su madre a servir las mesas? Las camareras eran tan poco confiables... ¿Y quién mantendría la paz entre sus abuelas y se ocuparía de servirle a abuelito Frank el café tibiecito, como a él le gustaba?

—¿Estás segura de que Dex dijo que había golpeado a los inmigrantes? —preguntó Milo jugando con la corteza de la pizza.

—¡Claro! —respondió Fabi con firmeza—. Lo escuché por la ventana. Lo escuché decir que eran blancos fáciles. Que no se resistirían ni los denunciarían a la policía por temor a ser deportados. Muy parecido a lo que le pasó a Chuy.

Milo mordió pensativo otro pedazo de pizza.

—¿Y por qué no tratamos de atraparlo con las manos en la masa? —preguntó.

—¿Como si fuéramos policías encubiertos? —dijo Fabi.

Milo asintió. Ella miró a Georgia Rae, que se encogió de hombros.

—Sería maravilloso que Dex recibiera el castigo que merece.

—¿Pero ustedes no creen que Dex se mantendrá tranquilo por un tiempo? Sabe que sospecho de él. Soy tan lengüilarga que se lo conté a todo el pueblo —dijo Fabiola, y en ese momento tuvo ganas de pegarse a sí misma por no haber pensado antes en esto.

—Dex es un fanfarrón —dijo Georgia Rae sujetándole las manos enfática—. Y sabes bien cómo se pone cuando bebe...

—Quizás Chuy pudiera ayudarnos a tenderle una trampa —dijo Fabi pensativa tamborileando los dedos sobre sus labios—. Estoy segura de que Chuy desearía capturar al verdadero culpable. Pero necesitamos alguien en quien Dex confíe.

Fabi y Georgia Rae se miraron fijamente. ¿Sería una idea estúpida? Dex no confiaba en ninguno de ellos. A Fabi solo le quedaba una alternativa.

—Tengo una idea.

• • •

—¡No! Estás loca. No voy a hacer nada de eso. Quítate de mi camino —protestó Alexis.

Pero Fabiola no tenía intensión de moverse hasta lograr su objetivo. Alexis agarró por los hombros a su hermana mayor y trató de quitarla de su camino con todas sus fuerzas, pero era como si estuviera sembrada en el sitio.

—¡Lárgate inmediatamente de mi cuarto o se lo diré a mami!

—Adelante —dijo Fabi cruzándose de brazos—. Dile todo lo que quieras. Así tendremos una agradable conversación sobre cómo estás tirando por la borda tus clases de canto para irte a noviar con Dex después de la escuela. Estoy segura de que a mami y a papi les encantará conocer tus actividades extracurriculares.

Alexis saltó como si algo la hubiera picado. Inmediatamente Fabi lamentó sus palabras. Se le habían escapado por la indignación, aunque todo lo que decía era cierto. No quería chantajear a su hermana para que los ayudara, pero estaba desesperada. Le quedaba muy poco tiempo para salvar a Santiago.

Alexis cerró los puños destilando odio por los ojos. Saltó sobre Fabi tirando zarpazos como un gato salvaje. Cuando vio que Fabi seguía sin moverse de su sitio las lágrimas comenzaron a brotar de sus ojos como si se estuvieran desbordando.

—¿Cuál es tu problema? ¿Por qué me odias tanto?

Aquello tomó a Fabiola por sorpresa.

—¿Qué cuál es *mi* problema? ¿Cuál es *tú* problema? Tú eres la que siempre andas con Dex y tus nuevos amigos desde que comenzaste la escuela. Te has convertido en una persona completamente diferente. No te importa Chuy ni te importa Santi.

—¿Podrías dejar de ser tan celosa? Me gusta como soy. Me gustan mis nuevos amigos y me gusta Dex. ¿Por qué no puedes aceptarme como soy?

—Te acepto como eres —insistió Fabi—. Acepto que tienes tu propia personalidad.

—¿Entonces por qué eres tan mala conmigo? Andas diciendo todas esas mentiras sobre Dex y ni siquiera lo conoces.

—¿Mentiras? ¿Crees que inventé todo esto para herirte? Por favor, Alexis. ¿Estás hablando en serio?

—¿No es así? Sé que no te cae bien —dijo Alexis frustrada.

Fabi rompió a reír a carcajadas.

—Oye, no estoy bromeando —dijo Alexis molesta—. Estoy enojada contigo. Deja de reírte. De verdad que se lo diré a mami.

—Lo siento, Alexis —dijo Fabi secándose las lágrimas—. Tienes que creerme cuando te digo que no inventé esas cosas sobre Dex para que te sintieras mal. No te odio. Nunca podría —añadió suavemente, deseando abrazar a su hermana pero sin atreverse.

Alexis resopló. Parecía un mapache con el rímel corrido por toda la cara. Fabi se preguntó qué otros problemas estaría enfrentado su hermana. Parecía que hacía siglos que no conversaban. Notó que su celular estaba tirado en el otro lado de la habitación.

—¡No sé por qué no te caen bien Dex ni mis amigos! ¿Qué te hicieron? No son mala gente. Si no lo criticaras todo como una loca te hubieras dado cuenta. Si dedicaras un poco de tiempo a conocerlos quizás hasta podrían ser también tus amigos.

Fabiola sintió que se sonrojaba. No sabía qué decir. Alexis se limpió la nariz con el reverso de la mano. Este gesto le recordó a Fabi cuando Alexis era pequeña y los demás niños la molestaban porque siempre usaba vestidos muy grandes para jugar. Ya no era aquella niñita que necesitaba protección.

—Lo siento —dijo finalmente Fabiola—. Lo siento por ser...

—¿Hipercrítica?

—Si te he herido...

Alexis se tiró sobre la cama y dijo suspirando:

—Supongo que esa disculpa ya es demasiado para ti, ¿eh?

Fabi bajó la vista. Entonces sorprendió a su hermana mirando al celular en el suelo.

—¿Tienes algún problema?

—Ninguno, si consideras que recibir mensajes de texto día y noche de alguna loca amenazándote con matarte si no te alejas de su novio es *ningún problema*.

—¿Melodee?

Alexis asintió con la cabeza y se quedó mirando por la ventana.

—¿Realmente crees que Dex es culpable? —preguntó.

Fabi asintió aguantando la respiración.

—Siento mucho lo que sucedió el otro día en la escuela. Pensé... —Alexis hizo una pausa—. Cuando Dex te agarró de aquella forma me entró mucho miedo. Ese no es el Dex que conozco. Era como otra persona completamente diferente... y esto me hizo preguntarme si...

—Si estás equivocada en esto —dijo Fabi desesperada—. Te prometo que nunca más hablaré mal de Dex.

Alexis cruzó los brazos y las piernas pensativa. Fabi apretó fuertemente los labios para no interrumpir ni por equivocación la concentración de su hermana.

—Está bien —aceptó Alexis todavía un poco dudosa.

Fabiola soltó de un tirón todo el aire que había estado aguantando.

—Pero —añadió su hermana como pensándolo mejor—, si Dex es inocente quiero a cambio que te disculpes públicamente y me des todas tus propinas por el resto del año.

El plan era brillante por su simplicidad. Todo lo que Fabi necesitaba era una confesión. Si Dex confesaba, Santiago quedaría libre. Y si Dex recibía el castigo que se merecía, todo regresaría a la normalidad.

Alexis era la única que no estaba muy convencida.

El viernes siguiente todos se reunieron en la casa de Fabi para preparar la trampa. Milo le estaba enseñando a Alexis cómo grabar con el celular.

—¿Cómo sabes que tu plan funcionará? —le preguntó Alexis a Fabi.

—No lo sé —dijo Fabiola, que dejó de ayudar a Chuy y levantó la vista.

—Magnífico —dijo Alexis frunciendo el ceño.

Fabi continuó arreglando los detalles del disfraz de Chuy. No quería que Dex lo reconociera.

—¿No te parece que un suéter con capucha con la bandera mexicana es como exagerado? —comentó Alexis—. Demasiado escandaloso como para que no sospeche que se trata de una carnada. ¿Por qué no le ponemos un bigote y un sombrero?

—Oye, aquí el cerebro soy yo, no tú —bromeó Fabi, y se volteó hacia Georgia Rae—. ¿Te parece exagerado?

Georgia Rae asintió.

—¡Okay! —dijo Fabi dando unas palmadas para llamar la atención—. Comencemos todo de nuevo desde el principio.

Alexis los miró a todos nerviosa. Estaba comenzando a arrepentirse del trato, pero ya habían llegado demasiado lejos para salirse del plan.

—Voy a llamar a Dex para invitarlo a comprar raspas —dijo.

Las raspas eran las golosinas favoritas de Fabiola. Un cono de hielo escarchado con sirope, crema batida y trocitos de nuez, coronado con una frambuesa.

—No te preocupes, estaremos mirándote desde mi camioneta —le aseguró Georgia Rae emocionada.

Alexis parecía preocupadísima.

Chuy carraspeó limpiándose la garganta.

—Me acerco... saco el dinero... y lo cuento.... —dijo repasando su parte en el plan.

Fabiola estaba tan feliz de que hubiera aceptado ayudarlas. A pesar de que era responsable por el encarcelamiento de Santiago, Chuy quería encontrar al verdadero culpable.

—Pero... —interrumpió Alexis—. Antes de que aparezcas tengo que decirle a Dex que quisiera hacer algo bien atrevido. Así que no vengas tan rápido, Chuy. Dame un poco de tiempo.

—Pide la raspa de piña colada —le recordó Georgia Rae a Alexis mientras se ponía pintura de camuflaje verde y marrón alrededor de los ojos—. Escuché que la señora del pelo corto le echa bastante sirope.

Georgia Rae había traído una bolsa grande llena de trajes de camuflaje, máscaras, binoculares de visión nocturna y guantes, por si hacían falta.

Alexis se quitó los audífonos.

—¿Ustedes están seguros de que estas cosas van a funcionar? —preguntó.

Milo agarró los audífonos.

—Por supuesto que funcionarán. ¿Ves este pequeño micrófono? —dijo señalándolo—. Solo tienes que asegurarte de que el volumen esté al máximo y de no alejarte más de un pie de Dex. Mira, ven aquí —añadió mostrándole en su propio celular cómo grabar.

A Alexis le corría el sudor por la cara y parecía a punto de vomitar.

—No te pasará nada —intentó tranquilizarla Fabi poniéndole las manos en los hombros con un gesto de seguridad—. Estaremos muy cerca y no dejaremos que te haga daño. Solo necesitamos que confiese. En cuento lo oigas, sopla el silbato y corre.

Alexis no parecía muy convencida.

—Estaremos mirándote desde la camioneta. Todo va a salir bien —repitió Fabi.

Realmente confiaba en que así fuera.

capítulo 10

La tarde estaba ventosa. El viento creaba pequeños remolinos de polvo en las desoladas calles del centro del pueblo. A Fabi le resonaba el estómago pero no era del hambre sino de la ansiedad.

"Hasta el momento todo está saliendo según lo planeado", pensó mientras observaba a los clientes manejar hasta el quiosco de los helados. Milo, Georgia Rae, Chuy y ella estaban escondidos dentro de la camioneta de Georgia Rae tratando de no llamar la atención.

—¿Qué estás mirando? —preguntó Milo tirando de la chaqueta de Fabi. Solo tenían un par de binoculares y ella los estaba usando en ese momento—. Quisiera tener alguna manera de escuchar lo que dicen —dijo mordiéndose los labios—. Me preocupa un poco este plan de ustedes.

—Mi plan es excelente. Mira, los dos están hablando. Alexis parece estar ansiosa. Está todo el tiempo mirando para todas partes.

Fabi le hizo una seña a Chuy para que saliera. Sin hacer el menor ruido, el chico salió de la camioneta y cruzó la calle rumbo a donde estaban Alexis y Dex.

—Maldición —se quejó Georgia Rae—. Alexis lo va a arruinar todo.

—Dale un tiempo —respondió Fabi intentando calmarse—. Miren. No, no miren... Quédense escondidos. Chuy se está acercando a ellos. Está contando el dinero frente a Dex. Todo está saliendo perfecto.

—Si esto funciona —apostó Milo—, me afeitaré la cabeza.

—Si funciona yo soy la que me afeitaré la cabeza —dijo Fabi entre risitas.

Ambos miraron a Georgia Rae como esperando una respuesta.

—Está bien —aceptó Georgia Rae. Yo también me afeitaré la cabeza.

Los tres comenzaron a reír al mismo tiempo de tan solo imaginarlo.

—Me pregunto si nos darán una recompensa —dijo Georgia Rae anticipando ilusionada su cara en el periódico local—. Quizás hasta salimos en la tele. ¿No sería fabuloso? Ya puedo imaginarlo: ¡Jóvenes capturan al matón del pueblo! Seremos héroes.

—¡Héroes rapados! —precisó Milo riendo histéricamente.

A Fabi se le hinchó el pecho de emoción. Sería agradable ser famosos, pero lo único que a ella le importaba era probar la inocencia de Santiago. Volvió a mirar a través de los binoculares buscando a Alexis pero ya no estaban ni ella ni Dex, y sintió que comenzó a sudar frío.

—Chicos.

—*Yeah!* —dijo Georgia Rae aún soñando con la fantasía de ser héroes.

—¡Desaparecieron!

—¿Qué? —gritaron Milo y Georgia Rae al unísono.

—¡No, esperen! Puedo ver la capucha de Chuy. Hay dos tipos junto a él que parecen futbolistas. Pero no veo a Alexis por ningún lado. Demonios, dejé de vigilar dos segundos...

Fabi saltó de la camioneta sin molestarse por completar la frase.

—¡Fabi! —la llamó Georgia Rae saliendo tras ella.

Fabiola no le hizo caso. El corazón se le quería salir por la boca del miedo. ¿Dónde estaría su hermana? Fabi atravesó el lote del estacionamiento esquivando los autos que tocaban el claxon a su paso. La gente se reía y la señalaba, pero ella seguía corriendo vestida con su traje fosforescente de cazador y la cara llena de maquillaje que le había puesto Georgia Rae. No se detuvo hasta llegar a la esquina, donde finalmente hizo una pausa breve para mirar a ambos lados. No había el más mínimo rastro de Alexis y Dex. El ruido de los autos cruzando el transitado bulevar era insoportable.

"Ay, no". Fabi oyó un grito y corrió en esa dirección.

Al parecer era Chuy. ¿Pero dónde estaba Alexis? Corría tan rápido que pensó que se desmayaba. Al final de esa misma calle estaba el cementerio del pueblo. Durante el día el lugar se veía decorado con copiosos y brillantes adornos florales como un desfile de serpentinas y globos; pero al caer la noche parecía que los espíritus de todos los muertos allí enterrados cobraban vida. Fabiola no creía en fantasmas, pero eso no significaba que le agradara la idea de entrar en el cementerio a aquella hora. Pudo distinguir unas siluetas bajo la escasa luz del anochecer cerca del mausoleo, en la parte antigua del cementerio.

—Fabi —resopló Milo sin aliento tras ella.

Georgia Rae venía más atrás cargando un pesado bolso. Fabi les sonrió agradecida a sus locos amigos. Les hizo señas para que no se movieran mientras les señalaba las siluetas.

—¿Qué traes ahí? —le preguntó Fabi a Georgia Rae.

La chica puso el bolso en la tierra y abrió el zíper intentando no hacer ruido. Les entregó a a Fabi y a Milo una linterna y luego sacó una soga, algunas luces de Bengala y una lata de spray de pimienta.

—Ten cuidado al usar eso —le advirtió Fabi señalando la lata.

Georgia Rae le hizo un gesto con la mano de que no se preocupara.

—Descuida. Lo he usado muchas veces. Realmente no molesta tanto después de un rato.

Fabi retorció los ojos y rezó para que nadie saliera magullado de aquella loca misión. Los tres se agacharon y avanzaron sigilosamente entre los bancos de mármol y las lápidas. La hierba seca crujía bajo sus tenis. Los sepulcros y las estatuas de ángeles creaban un laberinto por el que podían moverse sin ser vistos. Fabi se fijó en la fecha de una de las tumbas. Era del año 1833, cuando aún este territorio era parte de México. Fabi y Alexis tenían un antepasado enterrado aquí, un chozno por parte de su madre que vino de España buscando fama y fortuna. Fabi aprovechó para rogar a su pariente desconocido que los protegiera a ellas y a sus amigos de los espíritus malignos y los

malvados jugadores de fútbol que estaban
acecho en la oscuridad.

Un haz de luz opaca osciló a su derec
Georgia Rae, la experimentada cazadora, to
la delantera, dirigiéndose cautelosame
hacia su objetivo. Fabi no tenía ningún plan.
único que sabía era que tenían que rescata
su hermana y a Chuy.

Al acercarse, Fabi comenzó a distinguir
voces. Georgia Rae hizo una señal para que
dividieran y así poder rodear al grupo. Fabi
se tragó la ansiedad y siguió arrastrándose
silencio. Milo seguía detrás de ella. Se detu
detrás de una lápida grande. No podía ver na
pero escuchaba las voces con claridad.

—Sabes una cosa —decía Dex—. Los ceme
terios siempre me han parecido sensuales.

—¿Qué quieres decir? —preguntó Alexis.

Fabi respiró aliviada. Por lo menos Alex
estaba bien. ¿Pero dónde estaría Chuy?

—La luna llena y nosotros aquí solos.

—Sí, es emocianante —coincidió Alexis co
algo de preocupación en su voz—. Pero com

e dije, quisiera hacer algo loco y salvaje esta noche.

—Bueno, podemos ser todo lo salvajes que quieras.

—¿Qué es lo más emocionante que has hecho en tu vida, Dex?

—¿Qué te parece si te lo muestro?

—No, solo dime.

—Es más divertido si lo ves con tus propios ojos.

—Dex, solo dime, ¿de acuerdo?

—¿Qué te pasa? —preguntó Dex comenzando a sospechar algo raro—. ¿Y por qué no te acabas de quitar esos audífonos? Alex, ¿qué es esto? ¿Qué estás haciendo...

De repente, la voz de Dex repercutió en el silencio de la noche. Había descubierto el aparato de grabación.

Fabi escuchó aterrada. Había atrapado a Alexis. Justo en ese instante se acercaron los amigos de Dex jadeando, resoplando y golpeando las tumbas.

—Socio —dijo uno de sus amigos—, el tipo bajito se nos escapó.

—¿Cómo que se les escapó? —preguntó Dex.

—Era muy rápido, corrió entre el tráfico. Socio, ¿qué estamos haciendo aquí?

—Esta zorra estaba grabándome —dijo Dex. Su voz sonó grave—. Trató de engañarme. Creo que vamos a tener que darle una lección.

—Por favor, Dex. Lo siento. No fue mi culpa —rogaba Alexis.

—Bueno, pues apurémonos entonces —dijo uno de ellos—. No me gusta este lugar.

—*Yeah, man*, me pone un poco nervioso —añadió otra voz.

—¿A qué le temen las señoritas? ¿Al hombre del saco? —dijo Dex, y comenzó a reírse.

—Nah, no es eso, pero tú sabes. Aquí hay fantasmas. Mi mamá los ha visto. ¡En serio!

—Ustedes son unos idiotas. Busquen algo para amarrarla.

—No —gritó Alexis.

A Fabiola le latía el corazón desenfrenadamente, pero no sabía qué hacer. Lo único que tenía era una estúpida linterna. Miró a su alrededor y encontró un pedazo grande de cemento. Era parte de una tumba que se había desplomado. Quizás pudiera golpear a algunos de los tipos con él. Le hizo señas a Milo para que agarrara una roca.

Fabi podía escuchar a Alexis forcejeando. Sus quejidos le destrozaban el corazón. No pudo contenerse y saltó desde atrás de una tumba gritando con toda la fuerza de sus pulmones. Los dos tipos que aguantaban a Alexis gritaron también y retrocedieron asustados. Trataron de escapar de Fabi, pero un segundo espectro gris fosforescente salió de la oscuridad amenazándolos con una larga guadaña blanca.

—¡La Santa Muerte! —gritaron despavoridos los amigos de Dex.

Dex estaba congelado sin poder creer lo que veía. Se quedó mirando petrificado cómo la fantasmagórica aparición se disipaba ante sus ojos. Cuando se dio cuenta de que sus amigos lo habían dejado atrás, comenzó a temblar y salió corriendo tan rápido como se lo permitían sus piernas y sin mirar atrás.

Fabiola corrió hacia Alexis, alumbrándola con la linterna. Su hermana estaba en shock, pero ilesa.

Georgia Rae se acercó corriendo.

—Ay, Fabi, lo siento mucho —dijo.

—¿Qué? Estuviste magnífica. Esos tipos se asustaron tanto al verte que...

Georgia Rae la miró confundida.

—No pude hacer nada. Me perdí y no los encontré hasta que escuché a Dex gritar —dijo.

—¿Hummm...? Si tú no saltaste y Milo estaba conmigo, ¿entonces quién fue?

Los ojos de Alexis se abrieron como platos.

—La Santa Muerte —dijo.

Y, en ese momento, a su derecha, escucharon el crujido de una rama.

Los chicos gritaron con todas sus fuerzas y salieron del cementerio como alma que lleva el diablo.

capítulo 11

Al día siguiente nada fue igual.

En el restaurante, abuelita Trini se había apoderado de la vitrola y solo ponía angustiosas baladas country, rompiendo en llanto al final de cada canción. Leonardo preparaba por inercia sus tradicionales platos pero la comida no sabía igual, le faltaba corazón. La madre de Fabi se pasó la mayor parte del día mirando por la ventana y ni siquiera notaba a los clientes hasta que llegaban a pagar. A Fabiola se le seguían acumulando tareas de la escuela pero no tenía ni la energía ni el deseo para hacerlas. Los lugareños seguían llegando pero más por hábito que por voluntad.

Fabiola no podía dejar de pensar en cómo había fracasado su plan. Dex y sus amigotes estaban libres para seguir abusando y robando todo lo que quisieran. No había nada que pudiera hacer para evitarlo. Al día siguiente, Santiago sería juzgado y había una alta probabilidad de que pasara en la cárcel un tiempo realmente largo. No podía acostumbrarse a la idea de que Santiago estuviera encerrado. Cada vez que sonaba la campana, se volteaba, esperando ver la sonrisa traviesa de su primo en la puerta de entrada del restaurante.

Fabi suspiró y miró al otro lado del salón. Alexis tenía sobre sus rodillas a su hermanito y no paraba de jugar con él. Alzó la vista y le sonrió. La "visión de La Santa Muerte", como en adelante sería conocido en el folclore local, había unido a las hermanas como nunca antes. Eran muy diferentes en muchas cosas, pero siempre serían hermanas.

Mañana cerrarían el restaurante para que todos pudieran ir al juicio de Santiago. Fabiola no recordaba la última vez que su padre había cerrado el restaurante. Pero como Leonardo siempre decía: "La familia es lo primero. Los Garza estamos juntos en las buenas y en las malas".

Fabi miró la montaña de libros, todavía esperando que los leyera, debajo del mostrador. ¿Cómo iba a poder con todo eso? En ese momento recibió un mensaje de texto de un número desconocido: SI QUIERES SALVAR A TU PRIMO SIGUE ESTE ENLACE.

El corazón le dio un vuelco.

—Necesito una computadora —gritó.

En la pequeña sala del juzgado solo se podía estar de pie. La luz del sol entraba iluminando el pelo canoso del juez Dexter Andrews II. El abuelo de Dex era un anciano enfermizo, apenas un pálido reflejo de su antigua gloria, envuelto en una toga negra y sentado tras un pesado estrado de roble. A pesar de su débil apariencia, el hombre daba fuertes golpes con su mazo imponiendo orden en la sala.

—Si no se comportan respetuosamente en mi sala, cancelaré la vista y haré que los escolten fuera del tribunal —gritó hasta enrojecer como si estuviera intoxicado.

La amenaza al parecer funcionó y la audiencia se tranquilizó.

De todas formas, cuando Santiago entró en la sala la familia y los amigos saltaron de sus asientos conmocionados. La gente gritaba que era inocente. Las chicas le prometían esperar por él. Su madre lo amenazó con darle una buena zurra. Las abuelas se abalanzaron sobre las barandillas con recipientes plásticos de sus comidas favoritas, que el alguacil pasó recogiendo para guardárselos a Santiago.

—¿Dónde está tu hermana? Debía haber llegado hace una hora —le susurró al oído preocupada Magda a Alexis.

—Dijo que estaba en camino —dijo Alexis revisando de nuevo su celular, por si hubiera recibido otro mensaje.

—Pero eso fue hace una hora.

—Ya lo sé, pero necesitaba que le prestaran una computadora portátil.

Alexis se mantenía mirando a la puerta. La

espera la estaba matando. El corazón se le detuvo cuando el juez comenzó a leer los cargos. No podía creer que esto estuviera sucediendo. ¿Dónde estaba Fabiola?

—Santiago Reyes, ¿cómo se declara usted ante los cargos de acometimiento y agresión, robo, allanamiento de morada y posesión de bienes hurtados? —preguntó el juez con una voz grave que hizo que Alexis sintiera escalofríos.

La chica miró por encima de su hombro y vio a Dex, que había acompañado al juez, su abuelo, a la sala del tribunal. Dex estaba parado, en una esquina al final de la sala, cruzado de brazos. Sonreía de una manera siniestra. Lo había estado esquivando toda la semana, pero él y sus amigos querían vengarse. Habían comenzado a circular falsos rumores de sus hazañas sexuales y la perseguían constantemente por los pasillos. Dex la descubrió mirándolo y le sopló un beso burlón.

—Me considero mitad y mitad —dijo Santiago bromeando.

La multitud explotó en carcajadas y el juez golpeó con fuerza amenazando nuevamente con sacarlos de la sala si no hacían silencio. Cuando la audiencia se calmó, Santiago explicó:

—Okay, quizás los rines fueron robados, pero yo no los robé, me los encontré. Si usted quiere encerrarme por encontrarme cosas, entonces tendrá que encerrar a medio pueblo. Sobre el allanamiento de morada, yo tenía la llave, así que no entré a la fuerza, y quizás rompí algunos platos pero no creo que eso sea ilegal. Lo que sí le juro señor juez, señoría, es que no toqué a Chuy ni a ninguno de los otros. Eso sí que no lo hice.

El juez, irritado, apuntó con su mazo en dirección a Santiago.

—Usted cree que estamos bromeando, ¿no? ¿Le gusta burlarse de esta corte? ¿Cree que sería cómico si lo juzgo como adulto? ¿También le parece que ir a prisión es una broma, muchacho?

Santiago abrió los ojos y comenzó a sudar.

—No, señor —respondió con timidez.

—¿Qué? ¿Qué ha dicho usted? —dijo el juez ahuecando una mano sobre la oreja.

—*No*, su señoría —repitió Santiago más alto.

Los maestros, familiares y el entrenador de fútbol de Santiago subieron al estrado como testigos de la defensa a dar testimonio de su carácter. La mayoría de las historias eran muy divertidas, pero todas ellas terminaban poniendo a Santiago en apuros.

—Dentro de diez años —dijo el juez organizando los papeles frente a él, como si estuviese listo para marcharse— vas a darme las gracias, muchacho. Dentro de diez años seguro que habrás aprendido a comportarte.

"¡Diez años!", Alexis se atragantó y comenzó a toser incontrolablemente.

—¡Discúlpeme, su señoría!

Una voz familiar interrumpió desde el fondo de la sala. Era Fabi con una computadora portátil en la mano.

—Si usted me lo permite, aquí tengo pruebas que demuestran sin ningún tipo de dudas que Santiago no atracó a Chuy.

—¿Quién es usted? —preguntó el juez molesto.

—Soy Fabiola Garza, prima de Santiago —dijo Fabi abriéndose paso entre la multitud.

—Esta vista ya ha ido demasiado lejos —se quejó el juez—. No voy a permitir más atrevimientos en mi tribunal.

—Señoría, estoy segura de que usted querrá ver esto antes de dictar sentencia —repitió Fabiola alzando la computadora.

El juez invitó a Fabiola a su oficina para revisar las pruebas. Cuando estaba instalando la computadora sobre el escritorio, Fabi vio una fotografía de Dex de la primaria junto a la engrapadora del juez. Dudó. Este era el abuelo de ese insoportable que también tenía padres y familia como Santiago. Sintió pena por el juez.

El anciano frunció el ceño.

—Espero que usted no me esté haciendo perder el tiempo, señorita.

Fabi apretó la tecla de PLAY y la pantalla de la computadora se animó. El vídeo no era de la mejor calidad. Estaba tomado desde el otro lado de la calle con un teléfono celular. Pero la luz del alumbrado público frente al restaurante de la familia Garza permitía ver con claridad a tres jóvenes de pelo corto golpeando a un hombre con un delantal.

—Usted ve, ese es Chuy, el chico que fue atacado, en el suelo.

El juez se quedó callado observando a los tres jóvenes corpulentos pateando a Chuy en el suelo. Todos tenían el pelo corto. A unos cinco pies de ellos estaba otro chico. Era obvio que todos andaban juntos porque no hizo nada por detenerlos, pero tampoco participó en el ataque.

Uno de los atracadores se detuvo y mirando por encima del hombro dijo:

—¿Y a ti qué te pasa?

—A mí no me pasa nada —dijo el chico dudoso.

—Nada —dijo el que parecía el jefe de todos—, entonces ven y pégale. O estás con nosotros o estás...

—No, no quiero.

—¿Cuál es tu problema?

El chico movió la cabeza dejando caer su capucha y echó a correr. El vídeo lo seguía hasta el final de la cuadra, captando con claridad la palabra "Dex" afeitada en la parte de atrás de su cabeza. El camarógrafo corrió tras él, pero ya no se preocupó de buscar ángulo y el lente capturó fragmentos de un perro con apariencia de rata y su collar brillante. Al terminar el vídeo, Fabi respiró profundo. El juez le dio las gracias y le pidió que se marchara.

epílogo

Fabiola se detuvo frente a la mansión de dos pisos estilo español. Había escuchado rumores de que en aquel barrio vivían estrellas de música country y artistas de cine mexicanos y tenía la secreta esperanza de encontrarse a algún famoso. El chapoteo del agua de una gigantesca fuente de concreto se superponía al trino de los melodiosos sinsontes escondidos en los penachos de las palmas reales que cercaban la propiedad.

Fabi respiró profundo para calmarse los nervios, se peinó con los dedos y tocó el timbre. Un perro comenzó a ladrar adentro. A través del cristal nevado de la puerta pudo ver una figura borrosa saltando de un lado a otro.

—¡Ya voy! —dijo una voz por encima del ruido.

Melodee Stanton abrió la puerta, retrocedió y luego puso expresión de disgusto.

—Eres tú —dijo. Tenía en los brazos un diminuto chihuahua con un collar brillante. El perro comenzó a gruñir.

—Hola, Melodee —dijo Fabi sintiendo que el corazón se le aceleraba—. Vine para darte las gracias.

—¿Por qué?

Fabi se sonrojó. ¿Habría cometido un error?

—Por el vídeo que me enviaste.

Melodee miró al techo con impaciencia.

—No sé lo que habrás estado fumando, pero yo no te envié nada. Ni siquiera tengo tu estúpido número de teléfono.

—Parece que me equivoqué.

—Sí, obviamente te has equivocado.

—Siento haberte molestado.

—*Whatever.*

La chica volvió a mirar al techo y comenzó

a cerrar la puerta, pero Fabiola sujetó la manija deteniéndola.

—Ah, también lo siento por Dex. Sé que significa mucho para ti.

—Ese estúpido —dijo Melodee, e hizo un gesto con la mano restándole importancia—. La escuela militar le hará mucho bien. Aprenderá a comportarse. Bueno, me encantaría quedarme charlando todo el día pero tengo cosas que hacer.

—*Yeah*, seguro. Gracias de todos modos.

Fabi le dijo adiós con la mano mientras se marchaba. No entendía bien qué había pasado, pero estaba feliz porque al menos había intentado hacer lo correcto yendo allí.

Fabiola Garza caminó lentamente hasta la camioneta de su primo que estaba estacionada al final de la calle. Sentía los ojos de Melodee Stanton pegados a su espalda. Frente a ella las nubes borrascosas amenazaban con una tormenta.

No sabía qué le deparará el futuro en aquel pequeño pueblo enloquecido, pero ella estaba lista para enfrentar lo que viniera.

Fotografía de Dulce Paz

MALÍN ALEGRÍA es la autora de *Sofi Mendoza's Guide to Getting Lost in Mexico* y *Estrella's Quinceañera*. Malín vive en San Francisco, California, ciudad en la que creció, y donde se dedica a enseñar, escribir y a jugar con la tierra. Puedes obtener más información sobre ella y sus libros visitando www.malinalegria.com.